Allitera Verlag

Waldemar Bonsels wurde 1880 in Ahrensburg (Holstein) geboren. Der Siebzehnjährige begann ein intensives Wanderleben, das ihn durch ganz Europa, Nord- und Südamerika führen sollte. Eine Ausbildung als Missionskaufmann ermöglichte ihm die Begegnung mit Indien; im frühen 20. Jahrhundert erlebte er die Vielfalt neuer künstlerischer Strömungen in der Münchner Bohème. Im Ersten Weltkrieg arbeitete Bonsels als Kriegsberichterstatter und ließ sich dann in Ambach am Starnberger See nieder. Der überwältigende Erfolg seiner Natur- und Tiermärchen »Die Biene Maja und ihre Abenteuer« (1912) und »Himmelsvolk« (1915) überdeckt sein weiteres schriftstellerisches Schaffen mit Werken wie beispielsweise dem aus eigenem Erleben schöpfenden Bericht »Indienfahrt« (1916), den Werken der »Mario-Trilogie« (1937 abgeschlossen), den autobiographischen Aufzeichnungen »Tage der Kindheit« (1931) oder dem Hauptwerk seiner Spätzeit, dem Christus-Roman »Dositos« (1942). Waldemar Bonsels starb 1952 in Ambach.

edition monacensia
Herausgeber: Monacensia
Literaturarchiv und Bibliothek
Dr. Elisabeth Tworek

Die *edition monacensia* präsentiert ausgewählte Werke renommierter Münchner Autorinnen und Autoren des 19. und 20. Jahrhunderts, deren literarische Arbeiten von der Monacensia – Literaturarchiv und Bibliothek betreut werden. Neben Neuausgaben vielgesuchter Bücher erscheinen Ersteditionen aus den Beständen des Archivs und der Bibliothek, die von kompetenten Herausgebern eingeleitet werden.

Waldemar Bonsels

Himmelsvolk

Ein Märchen von Blumen, Tieren und Gott

Der Text dieser Ausgabe folgt dem von Rose-Marie Bonsels
herausgegebenen Gesamtwerk von Waldemar Bonsels, Band 2,
Stuttgart 1992

Weitere Informationen über den Verlag und sein Programm unter:
www.allitera.de

Bibliographische Information der Deutschen Bibliothek

Die Deutsche Bibliothek verzeichnet diese Publikation in der Deutschen
Nationalbibliographie; detaillierte bibliographische Daten sind im Internet
über ‹http://dnb.ddb.de› abrufbar.

2. Auflage
September 2014
Allitera Verlag
Ein Books on Demand-Verlag der Buch&media GmbH, München
Lizenzausgabe mit freundlicher Genehmigung
der Deutschen Verlags-Anstalt, München
© 1950 und 1988 Deutsche Verlags-Anstalt GmbH, Stuttgart
Umschlaggestaltung: Kay Fretwurst, Freienbrink
Herstellung: Books on Demand GmbH, Norderstedt
Printed in Germany · ISBN 978-3-86520-086-0

Inhalt

Erstes Kapitel: Die Waldwiese · 7

Zweites Kapitel: Die Ankunft des Elfen · 11

Drittes Kapitel: Die Frühlingsnacht · 18

Viertes Kapitel: Wiesenleute · 24

Fünftes Kapitel: Der Tod der Eiche · 29

Sechstes Kapitel: Von den Engeln · 32

Siebentes Kapitel: Hassans Kampf mit Ala · 37

Achtes Kapitel: Die Winde · 45

Neuntes Kapitel: Die Lerche · 49

Zehntes Kapitel: Assap und Jen · 53

Elftes Kapitel: Ukus Nacht mit dem Elfen · 63

Zwölftes Kapitel: Traule · 68

Dreizehntes Kapitel: Der Maikäfer · 79

Vierzehntes Kapitel: Das sterbende Kind · 86

Fünfzehntes Kapitel: Der Fuchs · 90

Sechzehntes Kapitel: Die Elfennacht · 104

Siebzehntes Kapitel: Das Reich · 116

Achtzehntes Kapitel: Der Abschied · 132

Peter Mesenhöller: Nachwort · 137

Erstes Kapitel

Die Waldwiese

Bei der Waldwiese, auf der alten Linde, die sich noch kaum belaubt hatte, saß Kuno, der Star, vor Sonnenaufgang und putzte sich im Frühlicht. Seine Brust glänzte schwarz und golden, er war ein prächtiger Vogel. Unten am Traulenbach, der unter der Linde dahinfloß, lief Onna, die Bachstelze, im Sand am Wasser dahin zwischen den jungen Trieben des Schilfs.

»Hallo!« rief Kuno. »Hören Sie auf zu wippen, Madame; ich bin angekommen, verstehen Sie? Es wird Frühling!«

Die Bachstelze machte halt und sah hinauf. »Ach so, ein Star«, sagte sie. »Stare gibt's genug.«

»Aber wenige, wie ich einer bin! Übrigens bin ich erst kürzlich angekommen – eigentlich zu früh, verstehen Sie?«

»Ich versteh' schon«, gab Onna zurück. »Sie wollen doch nicht etwa hier nisten?«

»Hier? Wo denn? In der Linde? Zwischen Krähen, Eulen und Eichhörnchen, oder gar in Ihrer Nähe? Sie haben eine Ahnung, Madame. Aber ich habe mir gleich gedacht, daß Sie nichts verstehen. So sitzen Sie doch wenigstens still. Mein Gott, ist das ein Tag!«

»Sie sind einfach unverschämt«, sagte Onna ärgerlich.

»Ach, denken Sie sich«, rief Kuno erstaunt, »das haben verschiedene Leute schon oft behauptet. Ich kann mir gar nicht recht ausmalen, wie solch ein Gerücht hat aufkommen können. Die Leute sind heutzutage geradezu auf böse Nachrichten aus. Merkwürdig. Aber ein Tag ist das heute, nicht wahr?«

»Meinetwegen«, meinte Onna und wollte weiter.

»Warten Sie«, rief der Star, »und reden Sie nicht immer; dabei kommt ja kein Wesen zu vernünftigen Worten. Was haben Sie da eben gegen den Frühling gesagt? Es ist sonderbar, wie geschwätzig ihr Waldvögel werdet, wenn kaum einmal etwas Frühlingssonne durch die Wolken gesehen hat. Da traf ich eben im Schlehdorn einen Mistfinken, und der Kerl sagte zu mir, er sei ein Goldspatz. Wissen Sie, ich könnte mich totlachen über solche Leute. Er meinte, seine ganze Familie sollte ihren Namen ändern, und dann flog er auf den Misthaufen zurück, der Goldspatz, verstehen Sie?« »Soll er Sie etwa um Erlaubnis fragen?«

»Der Schlehdorn blüht schon«, sagte der Star nachdenklich »Haben Sie einmal mitten in diesem reinen Blütenlicht gesessen, so recht mitten drin, womöglich bei Sonnenschein? Ich sage Ihnen, Madame ... Aber Sie da unten in Ihrem Morast sind ja eigentlich nur dem Namen nach ein Vogel. Doch jetzt halten Sie mich nicht länger auf, ich muß fort.«

Und er machte einen kleinen Sprung und segelte schnurgerade über die Saatfelder dahin, auf die Wohnungen der Menschen zu. Ein kleiner dürrer Ast brach ab und fiel nieder ins Moos, mitten zwischen die Anemonen, die noch nicht erwacht waren.

Die Bachstelze wollte sich zuerst noch längere Zeit ärgern, aber dann dachte sie: Es hat nicht den geringsten Wert. Erstens ist dieser Narr doch jetzt fort, und zweitens beginnt ein geradezu fabelhafter Frühlingstag. Sie atmete die kühle Luft ein, die von den Bäumen her über die Waldwiese zog. »Erdgeruch, Veilchen und Tau«, sagte sie, »und dabei eine Frische, die man nicht glauben würde, wenn man sie nicht durch den ganzen Körper bis in die Flügelspitzen spürte.« Und sie wippte wiederholt auf ihre ungemein zierliche Art und eilte bachaufwärts davon, durch die jungen Sprossen des Schilfs und der Primeln.

Bald darauf stieg die Morgensonne am Frühlingshimmel empor, und die Anemonen wiegten sich sanft im Wind, der kühl und unsichtbar, nach Windesart, aus den Zweigen der großen Linde niederzusinken schien. Die Gräser wurden wach, frösteten ein wenig unter den winzigen Tauperlen, die zu vielen Tausenden an ihnen hingen, und rasch verbreitete sich die Nachricht unter den Erwachenden, daß es ein heller Sonnentag werden sollte. Man muß nun wohl bedenken, daß ein Tag der Pflanzen viel mehr bedeutet als den Menschen, denn das Leben der meisten ist kürzer bemessen als das der großen lebendigen Geschöpfe; es gibt unter ihnen sogar viele, die nur einen Tag lang blühen. Sie erwachen in der Frühe, entfalten ihr Blumenangesicht im heraufsteigenden Licht der Sonne, der Mittag des Tages ist der Mittag ihres Frühlings. So erscheint den kleinen Pflanzen – auch denen, welche länger leben – die Dauer eines Tages um vieles wichtiger und bedeutungsvoller als den Tieren oder uns Menschen. Ihre allerschönste Zeit sind die Tage, an welchen sie blühen.

Man merkte gleich, wie wichtig so ein warmer Frühlingstag ist, an der Art, wie glücklich eine ältere Gänseblume sich langsam gegen das Licht aufrichtete und zurückgelehnt den roten Schein aufnahm. Sie hatte überwintert und war sehr erfahren. Es sah aus, als tränke ein durstiges Wesen in vollen Zügen Wasser an einer Quelle. Dann rief sie den erwachenden kleineren Blumen, die rund um sie her standen und alle von ihrer Art waren, den Morgengruß der Blumen zu:

>»Alle, die wir Blumen sind,
bitten Gottes Segen,
daß uns Sonne, Tau und Wind
heute finden mögen.

Goldne Sonne, mach uns weit
deinen Strahlen offen,
wie auf deine Herrlichkeit
alle Wesen hoffen.

Himmelswunder, kühler Wind,
Tau aus deinen Schwingen,
wiege unser Leben lind,
laß den Tag gelingen.«

Es will hier gesagt sein, daß unter vielen Menschen die Meinung verbreitet ist, daß die Pflanzen und die Tiere keine Sprache hätten. Das ist nun freilich insofern wahr, als die Sprechweise dieser Geschöpfe der unsrigen nur schwer zu vergleichen ist; sie reden gewiß nicht auf dieselbe Art miteinander, wie Menschen es tun. Aber daraus darf niemand zu Recht den Schluß ableiten, daß alle diese Geschöpfe sich nicht auf ihre Weise miteinander verständigen; ihre Sinne sind wohl anders beschaffen als die unsrigen, aber deshalb sind sie nicht weniger fein und fügsam, nicht weniger klar oder eindringlich. So bedürfen die Pflanzen, um miteinander zu verkehren, des Windes oder des Duftes und vor allem der Insekten, die einen großen und weitverzweigten Nachrichtendienst zwischen allen Blumen versehen, die alle Ansprüche, Wünsche und Gedanken, ja sogar die feinsten und lieblichsten Empfindungen, deren die Pflanzen fähig sind, auf wunderbare Art vermitteln.

Es hat in der Vergangenheit Zeiten gegeben, in welchen der Glaube der Menschen an die Sprache und die Stimmen der Geschöpfe der Natur verbreiteter war, als es heute der Fall ist. Es muß daher gekommen sein, daß vor Tausenden von Jahren die Menschen enger am Herzen der Natur lebten, daß sie den Pflanzen dankbarer waren für ihre Früchte, den Tieren für ihre Dienste und den Wäldern für das Obdach, das sie ihnen gewährten. So hörten sie in frommer Andacht auf die Stimmen ihrer Wohltäter und lauschten auf das Rauschen der alten Linden. Sie vernahmen in der Stimme des Baums die Stimme der Vergangenheit und der Zukunft.

Wir müssen uns wohl hüten, diese alte Weisheit als ein Zeichen des Aberglaubens zu verwerfen; alle, welche die Natur draußen kennen, werden gerne gestehen, daß der Sonnenschein über weiten Wiesen oder das Rauschen der Bäume im Wind das menschliche Herz ruhiger machen, besonnen und frei. Wer sähe aber die Vergangenheit oder die Zukunft oder auch die Sorgen der Gegenwart nicht mutiger und gerechter an, wenn sein Herz einer solchen Freiheit teilhaftig geworden ist? Auf diese Art war zu manchen Zeiten ein Band tiefen Einvernehmens zwischen der Welt der Menschen und der übrigen Geschöpfe der Natur geschlungen, und es ist nur unser Verschulden, wenn wir verlernt haben, es zu erkennen.

Wenn ich euch nun so mancherlei aus dieser Welt erzähle, so übersetze ich alles, was ich gesehen und gehört habe, in die Sprache der Menschen, bis ihr einmal selbst hinausgeht, um die Sprechweise der Tiere und Pflanzen zu lernen, und wahrscheinlich werdet ihr dann mehr und Besseres erfahren, als ich euch erzählen kann, denn es ist nun einmal so in der Welt bestellt, daß man von allem Schönen, das man erlebt, das Beste nicht sagen, sondern nur empfinden kann.

Die meisten der wichtigsten Ereignisse, die in diesem Buch erzählt werden, haben sich auf der Waldwiese am Traulenbach abgespielt, dort, wo die tausendjährige Linde an der Grenze der Felder und des Laub- und Föhrenwaldes steht. Es ist ein von den Menschen fast ganz vergessener Ort, nur im Frühling oder im Herbst kommt ein Landmann in die Nähe dieser Waldwiese, wenn er seine Äcker besät und pflügt, und alle Jahre vielleicht einmal ein Jäger mit seinen Hunden, aber nicht einmal das ist ganz sicher.

So hatten die Tiere des Waldes, die Bäume, Pflanzen und Blumen auf der Waldwiese ein ruhiges Leben auf ihre Art, das nicht von Menschen gestört wurde. Die meisten von ihnen kannten nur den Wind, den Sonnenschein und den Regen, außer dem dunklen Erdboden, dem sie vertrauten. Sie hörten wohl durch die Bäume oder Vögel von den Menschen, auch kam es vor, daß an schönen Abenden die Linde aus ihrer an Erlebnissen reichen Vergangenheit erzählte, aber die wenigsten von ihnen hatten den Menschen überhaupt jemals gesehen.

Zweites Kapitel

Die Ankunft des Elfen

s mochte nach der Zeitrechnung der Menschen zwischen Ostern und Pfingsten sein, als im Frühling dieses gesegneten Jahres ein nie gesehenes Ereignis die Bewohner der Waldwiese in Erregung und Entzücken versetzte. Es war an einem unbeschreiblich hellen Sonnenmorgen, das Land duftete vom Regen der Nacht, und die Frische war so beseligend im Licht, daß die Freude aller Lebendigen wie ein einziger Jubel durch den Wald hallte. Über den Primeln in der Lichtung und über den blauen Sternen der Leberblumen sang eine Grasmücke, sie war ganz in ihr Lied versunken, ihr Kopf war voll Hingabe in das blaue Glänzen des Himmels erhoben, und es sah aus, als wäre sie ganz verzückt von Daseinslust. Ihr Lied klang unter den hellen Schleiern des jungen Buchengrüns dahin, das von der Sonne wie Gold leuchtete, und zwischen den Stämmen der Tannen ließ die Ruhe der Waldeinsamkeit die Töne in ihre dunklen Tore einziehen. Nah und fern, überall, wo es grün und hell war, zwitscherte und jubilierte es, kein Wesen war in der Lage, traurigen Gedanken nachzuhängen. Und über dem Frühlingsglück der Ihren zog die strahlende Sonne hoch im Blauen ihre Gnadenbahn.

Es war ein Tag, ach, wer vermag soviel Überschwang zu fassen?! Überall blühte es, tief unten im Tau trieb das Moos am Boden seine smaragdgrünen, dichten Wäldchen, und in den Baumwipfeln öffnete sich Blüte neben Blüte in der Sonnenfreiheit.

Als die Grasmücke, nachdem sie ihre Lieder beendet hatte, sich in den Waldgrund niederließ, um nach einem Morgentrank Umschau zu halten, traf sie den Maulwurf an einer Baumwurzel im Eingang zu seinem unterirdischen Höhlenbau.

»So ein Tag lockt sogar Sie heraus, wie?« fragte sie freundlich, trat aber doch etwas zur Seite – man weiß nie recht, bei so einem Maulwurf …

Der Alte schüttelte den Kopf und blinzelte: »Die Wärme«, sagte er,

»die Wärme ist mit bisweilen ganz recht, aber dieses Übermaß an Licht kann mir gestohlen werden. Kommen Sie einmal mit herunter, meine Liebe, treten Sie ein! Sie werden Wunder an Behaglichkeit erleben. Alles ist dämmrig, kühl und still, und dabei von einer Gleichmäßigkeit der Temperatur, daß man gedeiht wie ein Kürbis. Dabei brauche ich nicht hinter jeder Fliege oder Mücke herzujagen wie Sie, Würmer und Engerlinge dringen sozusagen von selbst in meine Gänge ein; morgens liegen sie da und warten, daß sie gefressen werden. Das nenne ich so recht ein Leben nach dem Herzen Gottes.«

»O pfui Teufel«, sagte die Grasmücke und lachte. »Aber so sind Sie, genau wie ein Maulwurf. Wenn ich Sie nicht schon länger kennte, würde ich überhaupt nicht mit Ihnen reden. An Sie muß man sich erst gewöhnen, verstehen Sie? Ach, wenn Sie Einsehen hätten, aber Sie sind verbohrt – das kommt von Ihrer langweiligen Beschäftigung –, sonst würde ich Ihnen erklären, wie man lebt, um glücklich zu sein. Vor allen Dingen muß ein Haus gegen den Himmel geöffnet sein, das ist die erste Vorbedingung für ein heiteres Herz. Glauben Sie, wir Vögel würden soviel singen, wenn wir nicht Wohnungen hätten, die weit gegen den Himmel offen sind?«

Der Maulwurf blinzelte, und sein breiter Grabfuß, der innen rosa gefärbt war, scharrte die Erde ein wenig beiseite. »Bilden Sie sich etwas auf Ihre Nester ein?« fragte er ehrlich erstaunt. »Wer hätte das für möglich gehalten! Wenn Sie das meine nur einmal erblickt hätten, würden Sie vor Neid und Mißgunst Ihre Eier künftig ins Gras legen. Was tun Sie denn viel? Sie tragen ein paar dürre Äste zusammen, Heu, bestenfalls ein Pferdehaar, Gerümpel sozusagen, werfen alles durcheinander und hocken sich mitten hinein. Hinterher zu sagen, der Himmel scheine hinein, ist nicht schwer, denn was bleibt dem Himmel anderes übrig? Er ist jeden Tag da, regnet oder leuchtet, und es ist ihm wahrscheinlich höchst gleichgültig, ob er Ihren Hausrat an einer Stelle oder an verschiedenen Orten am Boden zerstreut bescheint. Und deshalb meinen Sie nun, Sie müßten singen? So sind also Vögel! Gut, daß ich es endlich weiß.«

»O du lieber Gott, Sie Maulwurf«, sagte die Grasmücke, ganz betroffen von soviel Einseitigkeit der Betrachtung. »Aber wer wird sich die Mühe machen, einen solchen halbblinden Popanz zu überzeugen, der überall nach Schmutz und Schlamm sucht, nur um seine Nase hineinbohren zu können. Was tun Sie denn eigentlich sonst? Sie suchen nach schwarzem Unrat, und dann immer hinein, immer hinein! Wenn Sie möglichst fest drinsitzen, so sagen Sie, Sie lebten nach dem Herzen Gottes!«

»Sie wissen nicht, was Erde ist«, antwortete der Maulwurf freundlich und langsam, lächelte und strich sich über den Bauch. »Sie wissen es nicht, Sie windiges Federvieh. Wer sich in der Luft herumtreibt, muß notwendigerweise leichtsinnig und haltlos werden. Nicht einen einzigen Gang haben Sie, der Ihnen gehört, den Sie kennen. Hierhin, dorthin, wie es Ihnen in den Sinn kommt, und abends sitzen Sie da und wissen selbst nicht, wozu dies ungeregelte Geflatter eigentlich stattgefunden hat.«

Es zog ein Duft herüber vom Abhang, irgendwo musste ein Waldstrauch aufgeblüht sein.

Ein paar Tiere hatten sich um die Streitenden versammelt: Li, das Eichhorn, Josa, die Ringelnatter, und von der Dolde einer eben erblühten Schafgarbe schauten ein paar Käfer hinüber und amüsierten sich über den Streit, der andauerte und ebenso erregt wie heiter wurde. Aber plötzlich verstummten die lachenden und eifrigen Stimmen eine nach der anderen, obgleich zu Anfang noch niemand recht wußte, was eigentlich geschehen war.

Hinter einem großen alten Baumstumpf hervor fiel aus dem Waldschatten ein Lichtschein, der nicht von der Sonne kam, aber trotz ihres Lichtes hell schimmerte. Dieser Glanz war es, der die plötzliche Stille mit sich brachte, dies Schweigen eines tiefen Erstaunens, in das alle versammelten Tiere fielen. Sie wandten ihre Augen in großer Verwunderung eins nach dem andern diesem Leuchten zu, und ihnen wurde so seltsam zumute, daß manchem das Herz laut und hörbar in der Brust klopfte,

Da erkannten sie einen kleinen, kleinen Menschen, der blaß und still mitten in diesem Leuchten stand und seine Arme emporhob, als ob er ihnen mit Angst und einer Bitte nahte. Er war kaum so groß wie die Feldblumen am Wiesenrand. Sie erkannten, daß zwei helle Flügel seine Schultern überragten, so weiß wie Schnee und von großer Zartheit, so daß sie in dem sanften Windzug erzitterten, der über die winzigen braunen Wäldchen der Moosblumen zog. Der ganze Körper dieses wunderbaren Wesens war durchschimmert von Licht und schien viel eher zu schweben als zu schreiten – aber es war kein Zweifel, ein lebendiges Wesen kam auf sie zu, mit großen Augen wie zwei Sterne.

Das Erstaunen und Entzücken der Waldwiesenleute läßt sich nicht schildern, und, o Wunder, nicht nur die großen und kleinen Tiere, nein, auch die Sträucher und Blumen, ja die kleinsten Pflanzen erschauerten bis tief in ihre Seelen vor dieser reinen Lichtgestalt, die wie ein kleiner Engel unter sie trat.

Nun wußten wohl manche der erfahrenen Geschöpfe, daß dies

nur ein Blumenelf sein konnte, aber ihre Verwunderung wurde darüber nicht geringer, denn die Blumenelfen leben nur des Nachts, für wenige Stunden, in denen der Mond sie weckt, und wer wüßte nicht, daß sie mit der heraufsteigenden Sonne sterben müssen und im Morgentau zerfließen, damit die Blumen sie wieder in ihre Kelche nehmen können? Es war nie gehört worden, so weit die ältesten Tiere zurückdenken konnten, daß am Tage, im Sonnenlicht, ein Blumenelf erblickt worden wäre, und selbst die Linde, die schon viele hundert Jahre lang die Erde kannte, rauschte geheimnisvoll auf, und es erklang über alle die betroffenen Seelchen hin aus ihrer Höhe: »Ein Wunder geschieht, ihr Lieben, ein Wunder!«

Die Geschöpfe des Waldes standen ratlos da, ohne daß eines von ihnen gewagt hätte, ein Wort zu sagen. Andere kamen aus ihren Schlupfwinkeln hervor und starrten fassungslos hinüber, alle Furcht voreinander vergessend; es dachte aber auch wirklich jetzt niemand daran, einem anderen ein Leid zuzufügen.

Da sagte das kleine Menschenwesen zu den Tieren: »Erschreckt euch nicht, ich bin nur ein Blumenelf. Ich habe mich verflogen und kann nicht mehr in meine Heimat zurück. Erlaubt mir, daß ich bei euch bleibe.«

Die Bewegung unter den Waldwiesenleuten war unbeschreiblich. Sie hatten alles eher erwartet als diese einfache und bescheidene Bitte und waren ratlos vor lauter Verlangen, dem Elfen ihr Entgegenkommen und ihr Wohlwollen zu zeigen.

Da ließ sich aus einem Lindenast, dicht am Stamm im Schatten, die Stimme der alten Eule Uku vernehmen, die durch dieses Ereignis trotz der Tageshelle aus ihrer Baumhöhle getreten war. »Preist euch glücklich«, rief sie laut, »ein Elf will bei euch wohnen! Glaubt mir, daß mit ihm nur Freude bei uns einkehren wird, und seid liebreich zu ihm.« Hierauf wandte sie sich an den Elfen selbst und fuhr fort: »Sei uns willkommen, und wohne bei uns auf der Waldwiese, wo du willst und solange du magst. Es wird keiner unter uns sein, der dir nicht gerne gefällig wäre; wir sind sehr erfreut, daß du Wohnung bei uns nehmen willst, und es ist auch recht schön hier, das kann man ohne Übertreibung wohl sagen.«

Die alte Uku galt als sehr weise und genoß hohes Ansehen auf der Waldwiese. Aber es hätte ihrer Fürsprache kaum bedurft, denn alle Tiere waren sich darüber einig, daß dem lieblichen Lichtwesen, das unter sie getreten war, ein herzlicher Empfang bereitet werden müßte. Nach Ukus Worten war die Befangenheit der Überraschten ein wenig gewichen, sie drängten sich herzu, jeder mit einem Vorschlag oder mit einem Angebot, und die Wiesenblumen begannen ihr feines Läuten im Windhauch – kurz, es war niemand da, der nicht in freudiger Erregung in Ukus Meinung einstimmte.

Der Elf nahm diese Freundlichkeiten mit einem Dankeslächeln auf, das alle aufs tiefste rührte, denn sie wußten, daß ein Elf nicht zu bitten braucht – wer kannte nicht die Macht der Blumenelfen?! Wohl erschien es ihnen, als habe er das Reich seiner Macht, die ungewisse Nacht, aufgegeben, aber wer konnte wissen, welches Vorhaben ihn bewogen hatte, den hellen Tag und den Bereich der Sonne aufzusuchen? Jedoch ihre Neugierde und ihre Zweifel sollten bald gestillt werden, und sie erhielten Gewißheit über die Fragen, die sie beschäftigten, denn der Elf erzählte ihnen seine Geschichte, nachdem er ihnen von Herzen Dank gesagt hatte.

»Ich muß auf der Erde verharren«, begann er mit heller, trauriger Stimme; »ich kann nicht in das freie Reich der Elfen zurückkehren wie meine Gefährten, denn ich habe das Licht der Sonne erblickt, die kein Elf sehen darf. Als ich in einer klaren Nacht der Lilie entstieg, die mich geboren hat, wuchsen mir meine Flügel, die wir Elfen erhalten, sobald wir den Willen haben, unsere Blume zu verlassen, um einem anderen Wesen Glück zu bringen. Aber wir können dann nicht in die Blume zurückkehren, sondern im Morgengrauen verwandelt das erste Licht uns in Tau, und die Pflanzen nehmen uns auf, und unsere Seele kehrt ins Elfenreich zurück. Aber das werdet ihr wissen, ihr Lieben.

In jener Nacht nun, in welcher ich erwachte, kam ein kleines geflügeltes Tier zu mir; es war eine Biene, die Maja hieß und die ihren heimatlichen Stock verlassen hatte, um die Welt kennenzulernen. Sie hatte den Wunsch, die Menschen zu sehen, wie sie am schönsten und glücklichsten sind, und ihr wißt, daß wir Elfen Macht haben, den liebsten Wunsch des ersten Wesens zu erfüllen, das uns in unserer Lebensnacht begegnet. So flogen wir miteinander durch die helle Nacht bis an einen Ort am Waldrand, wo in einer Laube, unter blühenden Zweigen, zwei Menschen weilten. Es waren ein Mädchen und ein Jüngling. Sie hatte ihren Kopf an seine Schulter gelehnt, und sein Arm hielt sie umschlungen, als ob er sie schützen wollte. Sie saßen still da und schauten mit ihren großen Augen in die Nacht.

Dort nun, ihr Lieben, geschah meinem Herzen das Wunder, um dessentwillen ich heute unter euch erscheine, denn ich konnte meine Augen nicht mehr von den Angesichtern der beiden Menschen abwenden. Im Himmelsschein der stillen Nacht strahlte es von ihren Stirnen und aus ihren Augen; kein irdischer Mund vermag das selige Heil zu nennen, in dem sie zu glühen schienen. Ich erzitterte heiß, bis tief in die Gründe meiner Seele hinab; ich versuchte diesen Glanz zu verstehen, aber mein Herz vermochte es nicht. Ich fühlte, wie es sich dieser hellen Kraft des Irdischen zu öffnen trachtete, aber zugleich empfand ich in unbeschreiblicher Traurigkeit, daß dieses Erdenwunder des Glücks nicht mein Teil werden könnte.

Und mehr und mehr erschien es mir, als ginge von der Seligkeit der beiden Menschen eine immer größere Helligkeit und Wärme aus, ein Glanz, der mich taumeln machte und mich in eine schmerzhafte Verzückung brachte, in der ich fast meine Sinne schwinden fühlte und die doch wie ein barmherziges Wunder in meine Seele einzog. Was geschieht mir nur? dachte ich. Was soll ich erleben?! Was gibt es noch auf dieser fremden Erde, was ich nicht gewußt habe?

Da traf es plötzlich meine Stirn wie ein lautloser Donner – ich werde es euch niemals schildern können, ihr Lieben, aber mir war, als ob eine unerhörte Lebensgewalt mich in ihre Wirbel risse und ins Unendliche dahinschleuderte; meine Augen waren geblendet, ich schrie laut auf und taumelte in die Blüten, die naß vom Tau waren.

Da erkannte ich ein gewaltiges rotes Feuer am Horizont, das überall tausendfältig widerstrahlte, die ganze Natur umher brach in einen befreiten Jubel aus, ich hörte fremde Stimmen, die mich erschreckten und doch zugleich in die Seligkeit ihres Freudenrausches fortrissen, und da wußte ich, daß die Sonne aufgegangen war, daß ich die Sonne gesehen hatte und nicht mehr in meine Elfenheimat zurückkonnte!«

Der Elf schwieg und verbarg sein Angesicht. Es herrschte tiefe Stille umher, denn alle Geschöpfe, die ihn angehört hatten, sahen in großer Ergriffenheit und wortlos auf seine helle Gestalt und seinen goldhaarigen Scheitel nieder, der milde erglänzte und von dem eine unbeschreibliche Wehmut ausging.

Da fuhr der Elf fort zu erzählen, und seine feine Stimme zitterte vor Ergriffenheit: »Ihr wißt nicht, ihr Lieben, was Augen, die niemals die Sonne gesehen haben, ihr strahlender Aufgang am Himmel bedeutet! Ihr feuriger Glanz, ihre himmlische Allmacht betäubten mich, und ich verlor die Besinnung, bis ich nach einer Weile, deren Dauer ich nicht zu sagen vermag, von einem neuen, unfaßbaren Leben erwachte, das wie in warmen Goldbächen meinen ganzen Körper durchrieselte. Als ich die Augen aufzuschlagen wagte, fand ich mich unter Blumen auf dem Erdgrund liegen, und der Sonnenschein überflutete mich über und über. Lange lag ich so still und konnte die Wohltat nicht fassen, die mein trauriges Gemüt zu einem ganz neuen Glück überredete; mein Herz schwankte in großer Angst und unnennbarem Entzücken, und mir war, als wollte es tief aus dem Grund meiner Seele hell und brennend in die Augen brechen.«

Als der Elf bei diesen Worten eine Pause machte, konnte ein Waldvogel, der ihm von einem Lindenzweig aus in atemloser Spannung gelauscht hatte, nicht länger an sich halten, und nun rief er laut: »Vertrau der Sonne, lieber Elf! Es ist unsagbar schön in der himmlischen Sonne!«

Und wie eine Antwort auf diesen Ruf erklang es tausendstimmig von allen Geschöpfen umher: »Es ist herrlich in der himmlischen Sonne!« Als ein einziges, jauchzendes Rauschen ging es durch den Blätterwald, durch die Gräser und Blumen hin, und es war auch nicht ein Tier, das nicht in überzeugtem Glauben in dieses Lob der Sonne einstimmte.

Aber das Lächeln, mit dem der Elf den Geschöpfen dankte, war bei allem Glück seiner Erwartungen doch von so großer Traurigkeit, daß die alte Uku nachdenklich den Kopf schüttelte. Sie war in der Tat ein weiser Vogel, und sie verstand das Elfenkind. »Hast du Heimweh nach deinem verlorenen Reich?« fragte sie herzlich.

Da sah der Elf zu ihr auf und nickte.

»Die Liebe hat dich an die Erde gebunden«, sagte Uku; »sie wird dich wieder lösen, Elfenkind.«

Erstaunt sah das kleine, helle Menschenwesen zu dem großen Vogel auf. »Es ist wahr, was du sagst«, antwortete es, »aber die Liebe, die mich erlösen kann, muß weit größer sein als die, durch deren Schönheit ich meine alte Heimat verloren habe, das ist ein uraltes Gesetz des Elfenreichs. Ach, traurig ist es, die Heimat zu verlieren! Wie soll ich jene Liebe finden, wann wird sie mir begegnen?«

Da schwieg Uku und sah sinnend in die helle Weltweite. Aber allen Tieren umher war, als müßten sie etwas tun, um dem Elfen seinen Aufenthalt auf der Waldwiese so angenehm wie möglich zu machen. Mit großem Eifer und in schöner Gemeinschaft machten sie sich ans Werk, ihm unter einer mächtigen Wurzel des Lindenbaums aus Moos und Federn eine kleine Wohnstätte herzurichten, sorgsam vor dem Regen geschützt und gegen die Morgensonne zu geöffnet.

Und der Elf nahm zu ihrer Freude ihre Gabe an und versprach, bei ihnen zu bleiben.

Drittes Kapitel

Die Frühlingsnacht

o war nun der Blumenelf, ein Wunderwesen der Sommernacht, durch das Begebnis, das ich erzählt habe, verbannt worden, auf der Erde der Menschen, Tiere und Pflanzen zu leben. Auf dieser Erde, auf der auch wir für kurze Zeit zu unserer Bewußtheit erwacht sind, dieser Erde der grünenden Fluren, der Wasserläufe, der Berge und Täler, der Tage und Nächte.

Da es sonst den Elfen bestimmt ist, nur für ein paar Nachtstunden im Mondschein aus ihrem Blumenbett zu erwachen, so erfahren sie von der Erde selbst und von allem Irdischen nur wenig, in blauen Nachtbildern, die vom Himmelssilber glänzen, prägt sich diese Welt des Wirkens und der Leiden nur flüchtig in ihre Seele ein, und mit einem fragenden Lächeln versinken sie beim hereinbrechenden Morgen aufs neue in ihren Weltenschlaf. Im Tau, im Frühlicht, trinken die Pflanzen ihre zarten Seelen, und der Wandel der Natur nimmt ihre durchschimmernden Körper auf, wie Nebel sich in der Sonne verflüchtigt.

Die Menschen sehen die Elfen nur selten; zuweilen begegnen sie Kindern, aber zumeist nur im Traum oder ungesehen, wie auch die Engel, die nur von denen erkannt werden, die sie lieben und an sie glauben.

Die Elfen haben große Ähnlichkeit mit den Engeln, aber sie sind wie Kinder und haben von Haus aus keine Beziehungen zum Reich der Liebe und nicht die Allmacht der himmlischen Engel. Aber darüber soll in diesem Buch noch vielerlei gesagt werden, es ist in der Tat ein großes Ereignis gewesen, daß ein Elf die Erde im Sonnenschein kennenlernte, wunderbar hat ihr Lebensglanz auf sein Herz und Wesen eingewirkt, es hat ihn langsam den Irdischen gleichgemacht und ihn in ihr Bereich der Freude und der Schmerzen gezogen.

Mitten im Frühling waren die Sinne des Blumenelfen zu einer irdischen Reise erwacht, zugleich mit den Seelchen unzähliger Blumen und Blüten und in Gemeinschaft mit der erneuten Daseinslust aller Tiere und Menschen. Täglich kamen nun neue Vögel und vierfüßige Tiere auf der Wiese an; es war sehr schwer, ihre Gestalt und Eigenart rasch zu begreifen. Täglich brachen neue Blumen auf, und die Farben und Düfte im Sonnenschein oder im Regen überwältigten zu immer neuem Glück. Wäre den Seelen der Elfen nicht eine tiefe Ahnung vom Wesen alles Lebendigen eigentümlich, so hätte sicherlich sein Herz der Fülle der Eindrücke nicht ohne Verwirrung standgehalten.

Ein heimliches Brennen in den Tiefen seiner Brust führte ihn langsam allem näher, was er erkannte. Er wußte noch nicht, daß es Liebe war, die wie ein stilles Licht in den Kammern seines Herzens emporglühte, aber er empfand, daß diese brennende Süßigkeit der Hoffnung und des Heimwehs nach Gemeinschaft sein Führer und sein Freund wurde. Ihm war, als leitete dies hilflose Weh in der Tiefe ihn dem Licht immer näher, dieser unfaßbaren Fülle, die die ganze Erdoberfläche erstrahlen ließ. Dies Glühen des Verlangens war es, das ihn sehen und lauschen lehrte, so daß er alle Stimmen um sich her verstehen lernte, und er erkannte, noch wie in einem Traum, daß dieses heiße Begehren seiner Brust nach Zugehörigkeit das eine, große, treibende Element des Lebendigen um ihn her war.

In träumerischem Staunen schritt er dahin, lernte den Tag und die Nacht begreifen und erbebte vor Glück über ihre Treue. Er sah die Sternbilder, die er wie aus ferner, tiefer Erinnerung einer anderen Jugend wiederzuerkennen glaubte, strahlen, wandern und sinken und doch immer gleichbleiben; er begriff den hohen Himmelsweg des Wassers, das die Sonne aufsaugte und das die Wolken den Irdischen zurückgaben, und liebte über alles den Himmelswiderschein im Tau. Am meisten aber beseligte ihn die gewaltige Sonne, ihre Gnadenbahn im Blauen, ihre Milde und Fülle, ihre unaussprechliche Freigebigkeit. Ihren Glanz und ihre Wärme liebte er in betörend hingebender Demut, sein Vertrauen zu ihr war so groß, daß schon der kleinste Lichtblick ihrer Herrlichkeit ihn wie in einen Rausch von Zuversicht versetzte.

Oft konnte er stundenlang dasitzen und in den Tannenwald schauen, durch dessen hohe, gerade Stämme das Sonnenlicht auf das Moos sank und überall helle Inseln von strahlendem Goldgrün zurückließ. Die Lichtflecke rührten sich nicht, der Waldboden sah wie ein stiller Teppich mit strahlenden Ornamenten aus. Aber hoch oben in den Kronen rauschte es in einer gewaltigen Lebensmelodie im Frühlingswind, als zögen himmlische Heerscharen im Goldrauschen ihrer Gewänder darüber hin. Dieses Rauschen der Baumkronen verwandelte sein Herz in einen einzigen schimmernden Traum, ihm war, als erklänge darin die ewige Heiterkeit der freien Bewegung und zugleich die Schwermut der irdischen Fesseln.

Als er eines Nachts, nachdem er schon manchen Tag auf der Wiese wohnte, erwachte, lockte der Mondschein ihn aus seiner grünen Höhle im Moosgrund in die Stille der strahlenden Nacht empor. Am Bach waren die Lilien aufgeblüht, sie leuchteten wie Schnee über dem dahinziehenden Wasser; es war still und kühl und schon nahe dem Morgen, die Stimmen der Nachttiere waren verstummt.

Es war Halbmond, aber sein Licht schien so klar, daß die Sterne in seiner Nähe nur blaß schimmerten, die Erde umher duftete von Nässe, denn es hatte am Tag vorher geregnet. Als der Elf sich auf einen niedrigen Zweig der Linde setzte, fielen ein paar große Tropfen ins Gras nieder. Auf ihrem kurzen Weg zur Erde blinkten sie auf – kleine durchschienene Kugeln, sie trugen Mondlicht durch die Luft und Glanz und Frische.

Der Elf sah dem fallenden Wasser nach und dachte an die Pflanzen, die es im Schlaf trinken würden. Wenn die Erde die hellen Tropfen aufnimmt, sann er, so kehrt das Licht zum Himmel zurück. Der Gedanke beschäftigte sein Gemüt, er rührte die Blätter in seiner Nähe an und sah zu, wie die fallenden Tropfen, erfüllt von Licht, die Pflanzen tränkten. Die Waldtiefe schimmerte schwarz wie Teer, nur die ersten Stämme waren vom Mond beschienen, und zwischen ihnen zogen sich Lichtstreifen in die stille Finsternis hin. Gibt es auf der Erde ein Fleckchen, so groß wie meine Hand, dachte er, auf dem nicht Leben schlummert? Überall, wo Leben pocht, da glüht ein kleiner Lichtherd, eine Stätte, wo das Licht einmal in Verlangen erwartet und empfangen wird, wo es beglückt und zurückstrahlt. Nichts hat so viele Heimatrechte auf der Erde wie das Licht.

Die Luft wurde von einem Surren erfüllt, das kaum vernehmlich zwischen den schwarzen Stämmen begann, lang anschwoll und beinahe drohend und feierlich über ihn dahinzog. Es war ein großer Wasserkäfer, der sich ein neues Gewässer suchte, um dort den Tag zu verbringen. Wie mag es ihm in der silbernen Dunkelheit und in der Ruhe der Luft behagen? dachte der Elf und sah ihm nach. Es wurde wieder still; dicht neben ihm glitzerte ein Tropfen so hell wie ein Diamant, fast wurden seine Augen geblendet, der Mond spiegelte darin wie in geschliffenem Glas, aber es wurde darüber umher nicht heller – hinter ihm war die Nacht so schwarz wie Kohle. Der Tropfen behielt das Licht, es kreiste in seinem kühlen Rund, in freier Klarheit entstand eine unbeschreiblich erstrahlende kleine Welt für sich.

Vielleicht leben auch in ihr Geschöpfe, dachte der Elf, halten die Sekunden ihrer Zeit für ein langes Dasein und empfangen unser Himmelslicht in eigenen Lichtherden, aus denen es als Freude widerstrahlt.

Der Tropfen sank und erlosch in der Finsternis am Boden. Dem Elfen kamen die Schwalben in den Sinn, die er bis in die Stunde des sinkenden Abendlichts in schwindelnder Himmelshöhe hatte fliegen sehen. Eine von ihnen war am Tage mit ihm bekannt geworden; sie hatten sich auf dem Felde getroffen, wo der Vogel am Erdboden Lehm für sein Nest suchte, und die Erzählung der Schwalbe war wie ein strahlendes Bild der fernen Welt in sein Herz gesunken.

Wie mag euch Schwalben die Erde erscheinen, die ihr bewohnt? dachte er nur in der Erinnerung an ihre Worte. Wie anders werdet ihr sie kennen und empfinden als ein kleines Bodentier des ebenen Feldes oder als der Mensch. Eure Reise nach dem Süden führt euch Jahr für Jahr über das schimmernde Meer, über welchem, wie über einer unabsehbaren, runden Silberfläche, die Sonne rot aufwacht, ihren hohen Strahlenweg geht, einsam über dem tausendfältigen Glitzern, und am Abend langsam, feuerrot in ihr helles Bett sinkt. Dann fliegt ihr allein über der großen Ebene, das Wasser sieht wie flüssiges Eisen aus, der Himmel im Westen wie durchscheinendes Glas und im Osten kalt und blau, im Wehen der herannahenden Nacht. – Wie schön die Schwalbe erzählt hatte!

Seid ihr nicht viel mehr als alle, seid ihr nicht am glücklichsten, ihr Menschen? fuhr er in seinem Sinnen fort. Ich lebe unter Tieren und Pflanzen und kann euch nicht erscheinen, aber es zieht mich zu euch, stärker und freier als in jener ersten Nacht, in welcher ich euch erblickte und euer Glück verstand. Ihr Sonnenmenschen, ihr Gesegneten, die ihr geschickt seid, alles, alles zu empfangen! Was macht euch so reich an Frohsinn und Betrübnis? Ich möchte den Grund der Qualen in euch kennen, aus denen die jauchzenden Lichtgarben eures Lachens entspringen und das schwermütige Geheimnis der Tränen. Wieviel Sagen von eurer Herrlichkeit und eurem Elend kennt die alte Welt!

Wie aus tiefer Kindererinnerung stieg über solchen Gedanken in der Seele des Elfen eine Ahnung empor, als habe er schon zu einer anderen Zeit alles gewußt und alles erfahren. Die Seele ist so alt wie die Welt, dachte er; sie wird zur Erde geboren, um wieder jung zu sein. Aber kaum glaubte er sich einer Gewißheit zu erfreuen, da zog es aus blauen Tiefen heran wie Wolken, und ihn befiel eine Traurigkeit, so daß er sich aus dem Bereich der Ahnungen und Gedanken in die Welt der Erscheinungen zurückflüchtete.

Leben, o schönes Leben auf der Erde, dachte er. Ihm war zumute, als sei er ein Geschöpf aus fremden Regionen der Welt, das nur träumte, es lebe auf der Erde unter ihren Wesen. Es lag am geheimnisvollen Weben der Nacht, daß alles ihm unaussprechlich wunderbar vorkam, und er sprach leise vor sich hin, wie Leute, die viel allein sind, es bisweilen tun, und sagte: »Es muß an meiner Herkunft liegen und weil ich ein Fremdling bin, daß ich alle Erscheinungen, die mir begegnen, so groß, so schön und sonderbar empfinde. Wer in seiner Kindheit als ein Geschöpf seiner irdischen Eltern unter seinesgleichen erwacht, der wächst in seiner Umgebung empor, ohne daß ihn dies selige Erstaunen befällt, das immer und immer wieder mein Gemüt erschüttert. Anderen werden alle Dinge langsam vertraut, sie gewöhnen sich auch an das Schönste und nehmen es wie ihr selbstverständliches Recht hin. Sie haben sichere Augen und gleichmütige Gedanken; die Erde ist ihre Heimat, und sie wundern sich nur über den Tod, obgleich er das einzige ist, was sie bestimmt wissen. Alle Geschöpfe, die ich kennengelernt habe, haben mehr Zuversicht und ein größeres Vertrauen der Zugehörigkeit als ich, aber weniger Entzücken. Es muß daran liegen, daß sie die Erde längst gewohnt sind, aber ich kann mich nicht in ihre Wunder finden, denn ich bin niemals mit unbewußten Sinnen durch ihr blühendes Tal geschritten. Als ich die Sterne zum erstenmal sah, wußte ich, daß es die Sterne waren, ich erkannte das erste Lachen, das ich vernahm, aber es war meinen Lippen fremd, und der erste Sonnenschein überwältigte mich zu unnennbarem Glück. Auf die anderen aber haben die Sterne schon niedergesehen, ehe ihre Augen sie erkennen konnten, Tränen sind wie Tau auf sie niedergetropft, Tränen der Freude oder des Schmerzes, und sie haben nicht gewußt, was sie bedeuten. Ihnen ist alles vertraut geworden, bevor sie es erkannten; vielleicht sind sie viel glücklicher unter den Wohltaten ihrer Heimat, die sie blind, ohne Gedanken hingenommen haben. Es ist gut so; die Pracht der Erde ist so groß, daß ein Mensch sterben müßte, wenn ihre Gewalt eines Tages plötzlich über ihn hereinbräche.«

Während in dieser stillen Frühlingsnacht sein Herz auf solch seltsame Wanderschaft ging, überkam ihn plötzlich im Wandel von Andacht und Sorge ein geheimnisvolles Erzittern, und er mußte seine Arme ausbreiten, als gälte es, eine liebreiche Fülle zu umschlingen, und er verstand nicht, wie ihm geschah. Er mußte an die beiden Menschen denken, die sich in der Sommernacht seines Erwachens umarmt hatten, an alle Blüten, an alle, an die Sonne über den Wiesen und an den Jubel der Vögel im Grünen. Und plötzlich, wie in einer seligen Offenbarung, ahnte er das Wesen der Kraft, die ihn mit allem Leben in der Natur verband, und er mußte singen. Er wandte sich in die Weite, die im Mondlicht blühte, an die große, atmende Natur, die mit ihm ihrer Erlösung harrte, und sang:

»Du bist mein Eigentum, weil ich dich liebe,
kein Sinn ermißt die Fülle meines Glücks.
Wie bitte ich die Güte des Geschicks,
daß mein Gemüt dem deinen nahe bliebe.

Was dir geschieht, das soll auch mir geschehn,
o Hort der Liebe, so in dir zu weilen.
Nun lernt mein Herz in seiner Zeit verstehn,
in deiner Anmut seinen Gram zu heilen.«

Im Osten tauchte ein schmaler Glutstrich auf, und der Elf faltete seine Hände, denn der Morgen kam. Ich werde euch alle, alle sehen und kennen und lieben, wie ihr seid, ihr Irdischen mit mir, dachte er. Das soll mein Glück sein.

Viertes Kapitel

Wiesenleute

er Elf saß unter den Blumen. Eigentlich war es sein liebster Aufenthalt, und er kannte keine schöneren Stunden, als in ihrer Gemeinschaft zu weilen; sein Glück erschien ihm vollkommen, wenn die Seligkeit der Blühenden ihm seine Einsamkeit in ein Fest glücklichen Bescheidens verwandelte. Er saß auf einem halb entrollten Farnblatt, um ihn her erhoben sich schlanke Grashalme, die unaufhörlich schaukelten und deren feine Stimmen die sanft bewegte Luft mit leisem Rauschen füllten. Aus der Höhe mischte sich das Summen der Insekten in dies gleichmäßige Lied, wie wir Menschen es von den Bäumen im Wind kennen.

Es war ein reger Verkehr im Graswald, und zwischen den vielerlei Kräutern zogen die Tiere ihre Straße, alle beschäftigt und eifrig, aber fröhlich um des heiteren Tages willen. Man glaubt es kaum, was alles lebt auf einem so kleinen Fleckchen Erde, wie der Elf es von seinem Platz aus übersah. Käfer in den prächtigsten schillernden Farben, Ameisen, Waldschnecken, geflügelte Würmchen und die zahllosen kleinen Tiere, die auf den Pflanzen leben, von ihren Blättern oder ihrem Blütenstaub. So winzige Erdbewohner waren tief im grünen Schattengrund beschäftigt, daß man sie für gewöhnlich nur erblickt, wenn man lange Zeit aufmerksam hinschaut. Sie unterscheiden sich in ihrer Art und Lebensgewohnheit ebensosehr voneinander, wie es größere Tiere tun, in ihren Interessen, ihrer Gestalt und Farbe.

Es war leicht zu spüren, daß die Tiere des Graswalds viel kecker und beweglicher waren als die Blumen, die voll Schüchternheit und geduldig auf ihr Geschick harrten. Der Elf beugte sich tief über ihre Kelche, deren Licht und Farbe sich in seinem zarten Gesicht widerspiegelten, er sog ihre Frische ein, ihren Duft, und als er vernahm, was ihre heimlichen Wünsche waren, rief er die Bienen zu ihnen.

Zwei kleine Käfer stiegen miteinander in den goldstrahlenden Kelch einer Blume hinab, beinahe betäubt von dem warmen Duft und ganz in das Blütenlicht eingehüllt.

Die Blume zitterte leise und atmete schwer und tief. »Elf, lieber Elf«, flüsterte sie, »was geschieht mir? Ich bin so glücklich.«
Der Elf nickte ihr mit glänzenden Augen zu. »Der Frühling«, antwortete er, »der Frühling! Er durchdringt dein Wesen durch und durch. Halt still, Liebe.«
Die Düfte, die der Waldwind heranschaukelte, wechselten ohne Aufhören, und dem Elfen war, als trüge ihn die eine Sehnsucht unvermerkt in das Wunderreich der anderen. Eine selige Welt vertauscht sich gegen die andere, dachte er. Ich schließe meine Augen und bevölkere sie aus meinem Herzen.
Dieser Wechsel verzauberte sein Gemüt immer wieder aufs neue, und er träumte fort in Farben, Licht und Düften, unter den Liedern der Vögel. Wenn der Wind den Geruch der wilden Rosen aus dem Gesträuch zu mir trägt, und ich lausche dem Gesang des Rotkehlchens, dachte er, so ist das Herz auf ganz andere Art im Lieblichen geborgen, als wenn ich den kühlen Hauch des Flieders spüre und höre die Amsel flöten. »Trag mich von Freude zu Freude, du warmer Frühling«, sagte er, »aber behüte mein Herz, damit es nicht vor Glück zerspringt.«
Das Summen der Insekten über den Blumen klang hinter den lichtroten Vorhängen seiner geschlossenen Augenlider wie ein fernes Orgelbrausen, in das aus noch größerer Ferne das Meer zu rauschen schien. Es vermischte sich mit dem Flüstern der Blätter, den kaum vernehmbaren Stimmen der Gräser und dem Läuten der Blumen, das so fein erklingt, daß ein menschliches Ohr es nur nach langem, tiefem Warten erlauschen lernt.
Die Güte und der Reichtum der Natur überwältigten das Elfenkind. »Seid gesegnet, meine Sinne«, rief es, »meine Augen, mein Gehör und du mein Herz, du Quelle und Pfand meines irdischen Wohls. In den Augen wohnt der rasche Blick, der zu entflammen und froh zu ruhen vermag, der das Licht bis tief in die Kammern des Herzens führt. Ich fühle die Berührung des Lebens mit allen Gliedern, wie das Wasser den Windhauch spürt, der seine Oberfläche bewegt; jeder Sinn hat sein seliges Amt, aber du hast das herrlichste, mein Herz, in dir wohnt das Heimweh.«

Die Fülle nahm nun von Tag zu Tag zu, das Blühen wollte kein Ende finden, immer wieder kamen Tiere auf der Waldwiese an, verweilten für kurz oder lange oder blieben auch für immer. Eines Morgens fand sich ein Wildtaubenpaar ein. Man hatte sie schon von weitem lachen und plaudern hören, die zwei, sie machten einen sehr glücklichen Eindruck. Die Linde, überhaupt der ganze Platz schien ihnen ausnehmend zu gefallen, sie flogen innen im Baum von Ast zu Ast, untersuchten die alten, dürren Stümpfe der abgebrochenen Zweige und prüften jedes Baumloch im Stamm. Als sie aber merkten, daß eine Eule im Baum wohnte, wurden sie nachdenklich.

»Schon wegen des Bachs, wegen der Nähe des Wassers hätte ich hier gern gewohnt«, meinte die junge Frau betrübt; »man hat es so bequem morgens mit dem Bad, und dann auch an der einen Seite die Weite der Felder, an der anderen den dichten Wald; der Ort hat viel für sich. Sieh unten das Moos im Sonnenlicht!«

»Ich lebe nicht mit einer Eule zusammen«, antwortete ihr Mann; »aus solcher Nachbarschaft entsteht nichts Gutes. Ich habe nichts gegen die Eulen, aber sie sind mir unheimlich.«

Und sie flogen mit lautem Flügelschlagen, das man noch lange in der Waldstille hörte, über die Bäume hin davon.

In der Frühe sah man bisweilen den Bussard zwischen den Stämmen jagen. Er flog lautlos und geheimnisvoll, seine scharfen, farbigen Augen suchten am Boden, und seine graubraunen Schwingen bewegten sich groß, feierlich und kraftvoll. Es war ein herrlicher Anblick, den mächtigen Vogel zu beobachten, der allein lebte, vom Raub, in seiner Waldfreiheit. –

Eines Tages kam eine Katze, o Gott! Sie setzte sich mitten auf die Wiese in die Blumen, blinzelte und putzte sich sorgfältig und so arglos, als gäbe es in der Welt für sie keine Gefahr, als habe sie niemals einen bösen Gedanken gehabt. Es wurde eine Weile auffallend still auf der Waldwiese – nur der Bach kümmerte sich nicht um das Tier, er rauschte fort. Die kleineren Geschöpfe aber bekamen zum größten Teil Herzklopfen. Wer ein sicheres Versteck hatte, beobachtete die Katze mit Spannung. Es läßt sich auch in der Tat kaum etwas Schöneres denken, das zugleich mit soviel Schrecknis verbunden ist, als eine Katze. Natürlich, wer sich gegen sie wehren kann, wer stärker oder geschwinder ist als sie, der sieht und nimmt nur ihre anmutigen Seiten, deren sie viele hat, und begreift nicht so rasch das Entsetzen, das sie kleineren Geschöpfen einflößt. Aber wenn man in Betracht zieht, daß manche Tiere, denen sie nachstellt, kaum größer sind als eine ihrer Pfoten, so begreift man eher, welchen Schrecken die Katze verbreiten kann.

Ganz besonders über diese Katze wäre vieles zu erzählen; es ist schade, daß es hier nicht angeht. Sie war ursprünglich unter Menschen gewesen und ist auch in ihrer Gemeinschaft geboren und aufgezogen worden. Aber dann wechselte der Besitzer des Hofes, auf dem sie lebte, und da Katzen meistens eher an dem Ort hängen, an welchen sie gewöhnt sind, als an Menschen, so war auch diese Katze geblieben; aber sie traf es schlecht mit den Nachfolgern der ausgewanderten Bauersleute und entschloß sich deshalb eines Tages kurzerhand, ihr Heil in der Freiheit zu suchen. Sie hatte einen sehr schweren Winter hinter sich und war oft drauf und dran gewesen, zurückzukehren, aber nun, mit dem eingekehrten Frühling, schien ihr Los ihr beneidenswert.

Uku, die alte Eule, sah von ihrer sicheren Baumhöhle aus auf die Katze nieder. Die grünlichen Augen waren wie zwei zarte, glänzende Metallplättchen, alles an der Katze, auch das prächtig gestreifte Fell, war auf das sauberste gehalten und so wohlbestellt, gesund und anmutig, daß es ein Entzücken war. Uku sah, wie die Pfote am Gesicht entlangglitt und wie die kleine rosa Zunge die weichen Härchen des Fells glättete. Nachdenklich sah der weise Vogel auf die Katze nieder. Wer würde vermuten, dachte er, daß dies zärtliche Tier vom Wipfel eines Baums oder vom Giebel eines Dachs niederspringen kann, ohne Schaden zu nehmen? Wer ahnt hinter dieser kindlichen Gebärde die Wildheit, die sie verbirgt, die geschmeidige Kraft und die unbeugsame, zähe Eigenart der Katze? Ist es so bestellt, daß sich mit der größten Kraft und Wildheit solch arglose Gebärde des Spiels und der Harmlosigkeit vereinen kann, mit diesem Lächeln die furchtbarste Blutgier und mit soviel Anmut die Falschheit?

Uku konnte nicht aufhören, die Katze zu betrachten, und sie dachte lange und sehr scharf über sie nach, wie es so Art der Eulen ist. Sie weiß die größten und bissigsten Hunde in Respekt zu halten, dachte sie – ja in manchen Fällen selbst den Menschen –, und sieht doch aus wie ein schüchternes Kind. Wie sie den Schein der Sonne genießt! Es ist wirklich sehr schwer zu sagen, was gut oder was böse ist in der Natur; ich glaube, man kann es nur für sich selbst und sein eigenes Handeln wissen.

Wie ungebrochen sind diese harten Augen, wild und rein, fuhr sie fort zu sinnen. Sie werden eines Tages brechen wie ein edler Stein unter einem Hammer, aber sie werden sich nicht trüben. Man muß sagen, Uku kam geradezu in Begeisterung, und da eine Katze alles andere eher ist als die Freundin der Eulen, so war diese Anerkennung des Vogels um so erstaunlicher.

Aber Uku hatte Grund, über die Katzen nachzudenken: Sie hatte vor Jahren einmal zur Nachtzeit eine Katze sterben sehen, die, von der Kugel eines Bauernsohns getroffen, auf dem Hof ihr Leben lassen mußte, auf dem damals auch Uku viel verkehrte. Es war Mondschein gewesen, der junge Mensch stellte den Katzen nach, weil sie seinem kleineren Federvieh Schaden taten. Seine Kugel ging der Katze durch die Brust, schlug durch und öffnete sie an zwei Stellen. Das Tier war auf einen Baum geflüchtet, und anfänglich löste sich langsam, man möchte sagen Kralle für Kralle, ihr schöner gefleckter Leib von dem Ast, den sie umklammert hielt. Es kam kein Laut über ihre Lippen, erst am Fallen sah man, daß sie keine Gewalt mehr über ihren zähen, wohlgeübten Körper hatte. Am Boden, im schrägen Mondlicht, kreiste sie im Gras, und nun, wie mit ihrem letzten Atem, kam ein Geschrei aus ihrem Mund, das Ukus Herz erstarren ließ, und der junge Mensch, der herzugeeilt war, sprang betroffen zurück, als dieser Todeston sein Ohr traf. Es war ihre erste und zugleich ihre letzte Klage, es war, als habe sie zu Lebzeiten das Klagen nicht gelernt. Dreimal hintereinander stieß sie diesen langgezogenen Schrei aus, der keine leiblichen Schmerzen zu verraten schien, sondern den wilden Wehelaut um ihr schönes, starkes Leben.

Die Natur umher lauschte wie in einer jähen Ahnung ihres Geschickes auf. Es ist furchtbar, die Mächtigen im Tode schreien zu hören. Und doch hatten diese Töne nichts Jämmerliches, es lag kein Hilferuf darin, kein Flehen um Erbarmen, sondern viel eher war es das metallische Verklingen der gebrochenen Kraft; unbeschreiblich einsam durchdrang es die Mondnacht.

Voll Grauen war Uku damals auf und davon geflogen, tiefbewegt von diesem Erlebnis und doch nicht einzig entsetzt, sondern zugleich wunderbar erhoben. Sie hatte wieder und wieder denken müssen: Wie gewaltig ist das Leben, das sich auch in mir offenbart, wie gewaltig ist der unvermeidliche Tod.

Man wird nun viel besser verstehen, weshalb sie so lang und nachdenklich auf die Katze schauen mußte, die auf die Waldwiese gekommen war. Sie blieb übrigens nur für kurze Zeit, und soviel ich weiß, ist sie nicht wiedergekommen.

Fünftes Kapitel

Der Tod der Eiche

in wenig von der Waldwiese entfernt stand am Rand des Tals die Eiche, sie war der älteste Baum im Land; in diesem Frühling ist sie gestorben. Man wußte es überall, weit im Umkreis. Ihre letzten Worte aus dem vergangenen Herbst rauschten in den Büschen und Bäumen des Landes als Erinnerung wieder, und nun im Frühling nahm sie Abschied.

Um ihre mächtige Gestalt umher sproßte und blühte es, ihre großen, dunklen Glieder reckten sich gewaltig über den wirren, grünen Lebenstrubel der neuen Jugend dahin, in den Himmel empor, ihre Klage erfüllte das Land, alle Herzen. Viele hundert und wieder hundert Jahre des Lebens beschlossen sich nach einem unbegreiflichen Ratschluß, der alle in heiliger Scheu erbeben ließ. Die langen Nächte hindurch, in der Frühe und am verständlichen Tag wehte es aus der kahlen Höhe ihrer Krone klagend im Wind über das Land, durch den Vogelgesang dahin, durch das selige Seufzen der vom Frühling begnadeten Geschöpfe und durch das strahlende Tageslicht, das seine Macht über die Lebensgeister des alten Baumes verloren hatte.

Eines Tages vernahm der Elf die Klage der sterbenden Eiche im Wind und konnte sie nicht vergessen. Nun wurde er gewahr, daß alle sie wußten, und seit jener Stunde zwang es ihn plötzlich, im Schreiten innezuhalten, wenn er durch den Wald ging, um zu lauschen, ob durch die Lebensmelodien der lebendigen Bäume wieder diese Klage dränge, die den ganzen Wald erfüllt hatte. Und er vernahm die Töne und erschauerte. Sie erklangen so heimlich, daß sein Gemüt in der Erkenntnis erzitterte, daß diese bescheidenen Wehelaute eine so stille Wildheit zu bergen vermochten und daß Geduld so schmerzhaft sein könne.

Da ging er der Stimme nach, um den sterbenden Baum zu finden. Wie es zum Herzen griff! Er sah eine Blume, die zu blühen anfing, den Tau trinken; in der Erwartung ihrer Sonne sangen alle Vögel, da warf er sich ins Moos und lauschte. Seit jener Stunde trieb es ihn wieder und wieder herzu, am Tag, in der Nacht, immer wieder zog es ihn an diesen Waldort ohne Schatten, wo die große Eiche stand. Rings der Himmel über ihm war wie mit Sterben angefüllt, und die Seele des Elfen füllte sich mit dieser Schwermut des Scheidens vom Leben wie ein Becher mit Wein.

Er verstand den Baum. »Es ist kalt«, rief er einmal des Nachts, »der große Wald ist leer! Ich sehe hin und zurück, zurück und hin, schaue, forsche und suche und bin doch allein. Ich erinnere mich, ich träume und bin doch allein. Der Mond leuchtet hell; wenn seine Strahlen die Erde erreichen, scheint mir die Welt ohne Elend, ohne Schmerz, alles und alle erscheinen mir sanft. Er bringt helle Tücher, als wollte er mich vor dem schützen, was kommen soll, als wollte er mich erwärmen, und ich fühle wieder wie durstige Pflanzen, die sich öffnen und zu blühen anfangen.

Enttäusche ich euch jetzt, weil ich dürr und kahl dastehe? Ihr habt mich grün gesehen! Ich gab der Erde Schatten, den Vögeln Ruhe und den Tieren Früchte. Ich habe die Blicke entzückt, und nun liebt ihr mich weniger, weil ich es nicht vermag? Müßt ihr nicht stets an jene Zeit denken, wo ihr mich anders saht?

Ihr denkt nicht mehr daran! Meine Klage erniedrigt mich. Nun fühle ich zum erstenmal, daß mein irdisches Gefühl mich von der Welt trennt. Einst erzählte ich, ich teilte das Neue, das Leben, den Blumen, den Bäumen mit. Dort oben liebkoste mich der Wind, als wollte er zu mir sagen: ›Du hast nicht unrecht.‹ Da wußte ich, daß mein irdisches Gefühl mich mit der Welt verband. Ich rief: ›Nehmt mich nur auf, laßt mich euer Teil sein, ein Glied eurer reichen Familie!‹ Ich fühlte die Welt und vereinte mich mit ihr und wurde zum erstenmal mündig. Alles tönte in mir, und mein Herz strömte über. Oh, wie ich der Erde verschuldet bin wie kein Wesen vor mir!«

Der Blumenelf lag im Moosgrund und lauschte der Klage; er begriff die Wirklichkeit des Todes und erbebte. Aber er vermochte seine Sinne nicht vom Sterben des Baums abzuwenden.

Da hörte er wieder die alte Stimme über sich im Wind: »Es forscht ohne Aufhör in mir und will doch von nichts wissen. Meine Wurzeln werden vom Wasser berieselt, das alle Pflanzen zu neuem Sprossen ernährt. Ich fürchte mich vor dem Tage; die Sonne, die mein Blut beeinflußt hat, emporzudrängen, blendet mich nun. Wie lockt mich die Weite, die ich lange ohne Begehren im Bild erblickt habe! Wo sind die Tiere? Ich höre nur die Vögel. Und doch ist alles Weite so nah, so möglich geworden.

Mein Herz war einst in der Sonne so weit offen, daß es nicht nur sich selber trug und ahnte, sondern die ganze Welt. Da wußte ich die Wahrheit über mich. Nun umgibt es mich rings wie eine Wand, so kalt wie Eis, so durchsichtig wie Glas, so nah, daß mir ist, als spiegelte ich mich darin wider. Sie macht die Seele zum Verbrennen durstig, und ich fühle Angst. Lebt wohl!«

Da drückte der Elf erzitternd sein Herz fest, fest an die Erde, die Auferstehung und Vermoderungen in sich barg und einen herben Geruch von Harz ausströmte. Ihm war, als durchdränge dieser Geruch seinen vergänglichen Leib; er schloß seine Augen und schwieg, denn es redete mit vielen Stimmen zu ihm, die wie eine Stimme waren.

Sechstes Kapitel

Von den Engeln

ines Morgens in der Dämmerung, als von der Sonne noch wenig zu spüren war, kam Hassan, der Igel, durch den Tau. Er sah sich auf der Waldwiese um, etwas mürrisch, wie es nun einmal seine Art war, aber im Grunde recht gutgelaunt, obgleich er sich sehr verspätet hatte. Er hielt nach einem Ort Ausschau, an dem er schlafen könnte, denn er wäre um alles gern in einem Schlupfwinkel gewesen, bevor die Sonne emporstieg. Die Igel haben nicht viel für den Sonnenschein übrig.

Da die Vögel und Blumen und alle kleinen Tiere der Waldwiese noch schliefen, entdeckte niemand den Igel; es wäre zweifellos ein großer Jammer unter ihnen ausgebrochen, denn Hassan war nicht beliebt, weil er von kleineren Tieren soviel fraß, als er irgend finden konnte. Wo immer es draußen im Wald in der Gemeinschaft einer Tiergesellschaft sein mag, überall fürchtet man den Igel, nirgends sieht man ihn gern. Es kommt sicher hierbei noch hinzu, daß er für gewöhnlich in der Abenddämmerung aufbricht. Das hat schon an sich etwas Unheimliches, auch ist er schwer von einem rundlichen kleinen Erdhaufen zu unterscheiden, wenn er still im Gras sitzt und auf Mäuse wartet. Was aber am peinlichsten ist, ist die Tatsache, daß er viel rascher laufen kann, als man denkt. Viele Tiere bekommen allein schon darüber einen solchen Schreck, daß sie sich in ihrer Verwirrung von ihm greifen lassen.

Hassan kam etwas träge heran, ging das Bachufer nieder, trank ein wenig und sah nach dem Himmel. Es würde ein warmer Tag werden. Unter der großen Linde gefiel es ihm, er dachte sich, zwischen diesen dicken Wurzeln finde ich irgendeine Höhle, die mir den gewünschten Schlupfwinkel für den sonnigen Tag bietet, vielleicht, daß ich dort auch ein Mäusenest entdecke und für den Abend auf eine gesunde Mahlzeit rechnen kann.

Nun muß man wissen, daß Hassan in Zwistigkeiten mit seiner Familie geraten war, um zu verstehen, daß er kein eigenes Heim hatte. Sein Vater hatte ihm eines Abends ohne viel Umstände erklärt, er solle sich ein eigenes Jagdgebiet suchen, denn die Umgebung ihrer gemeinsamen Behausung ernähre nicht mehr Vater, Mutter und die kleineren Geschwister, am allermeisten deshalb, weil es fast unglaublich sei, wieviel er, Hassan, an einem Tage verschlinge. Das liege an den Jahren; aber nun sollte er gehen.

So rasch findet nun aber ein Igel kein neues Heim, auch dachte Hassan daran, sich zu verheiraten, und so war er genötigt, sich in der Fremde umzusehen. Und wie es oft ist, wenn man keinen anregenden Umgang mit seinesgleichen hat, so kommt man leicht ans Herumtreiben, und so war es geschehen, daß sich Hassan einmal wieder gründlich verspätet hatte.

Als er nun langsam durch Blumen und Gräser auf die Linde zuschritt, dachte er: Hier sieht es nach guter Beute aus. Er gähnte und kroch unter die Wurzeln. Da sah er im Moos einen hellen Schimmer und erschrak, denn es war schwer zu begreifen, wie hier in die Schattendämmerung des Moosgrundes ein Lichtschein kommen sollte. Glühkäferchen kamen im Morgengrauen nicht vor, so konnte es nur noch ein Stückchen faulendes Holz sein, das oft einen weißlichen Glanz ausstrahlte, wie er im Sumpf erfahren hatte. Er bog um die letzte Wurzel, die wie ein dicker Schlangenleib aus den Farnkräutern kroch, und spähte vorsichtig in den Grund der kleinen Höhle, aus welcher das Licht kam.

Da sah er einen unendlich kleinen Menschen mit hellgoldenem Haar im Moos liegen, auf einem weißen Kissen von Blumenblättern und in einem schimmernden Kleid, feiner gewoben und erglänzend als Spinnweben im Sonnenschein der Waldtiefe, und so leicht wie kühler Wind, der kaum das Zittergras bewegt. Es war durchaus nicht zu erkennen, woher das Licht kam, bis Hassan zu seiner unbeschreiblichen Verwunderung gewahr wurde, daß die Stirn, das Angesicht und die Hände des kleinen Menschenwesens aus eigenen Lichtgründen leuchteten. Was aber sein Gemüt am meisten bewegte, war der Ausdruck von Traurigkeit in dem schlafenden Angesicht des fremden Wunderkindes. Hassan mußte, er wußte selbst nicht, wie es kam, an die ungetrübten Glücksstunden seiner Kindheit im Moorland denken, unter den Birken und im Ginster.

Lieber Gott, dachte er, was geschieht mir nur, daß ich etwas so Liebliches finden soll? Und dann kam ihm in den Sinn: Ich muß irgend etwas für dieses Geschöpf tun. Vielleicht findet sich eine Beere oder ein ganz zarter Regenwurm, wenn es nur irgend etwas ist, wodurch ich es erfreuen kann oder was es etwa beim Erwachen essen möchte. Über das Essen hinaus gibt es höchstens noch das Schlafen, und das tut dieses helle Himmelskind ohnehin. Wenn mir nur etwas Rechtes einfiele.

Als er noch darüber nachdachte und dabei die Stirn runzelte, wie es seine Art war, und den dunklen Kopf mit der spitzen Schnauze und den wirklich sehr schönen und klugen Augen hin und her bewegte, erwachte der Elf und sah den großen Hassan dicht vor sich stehen, so daß die kleine Höhle geradezu verdunkelt worden wäre, wenn das Elfenkind nicht geglänzt hätte.

»Wo kommst du denn her?« fragte der Elf und lächelte.

»Da, so, von hinten her, irgendwoher«, stotterte Hassan in großer Verlegenheit. »Nehmen Sie es nicht übel. Wenn Sie wollen, geh' ich sofort wieder.«

»Nein, bleib nur«, sagte der Elf und erhob sich. »Soviel ich weiß, bist du ein Igel und, wie mir scheint, sogar ein ganz prächtiger.«

»Nein, nein«, sagte Hassan rasch, »nur so einer wie alle. Aber wenn Sie wollen, gehe ich gleich.«

»Hast du Eile? Siehst du nicht, wie schön es hier ist und wie strahlend der Tag werden will? Komm, wir gehen miteinander an den Bach. Übrigens kannst du ruhig du zu mir sagen, ich bin ein Blumenelf.«

»So, so, ein Blumenelf«, sagte Hassan, »das ist aber sehr angenehm für Sie. Wollen Sie wirklich mit mir zusammen gehen? Ich bin nicht beliebt, wissen Sie, und auch sonst, ich bin eben ein Igel …« Hassan hatte eigentlich etwas anderes sagen wollen, aber er war zu verwirrt durch den Anblick dieses hellen Wesens mit seinen Flügeln, die sein Haupt überragten und schimmerten wie Schnee.

Sie gingen nebeneinander ans Wasser, und der Elf flog auf einen niedrigen Zweig des Berberitzenstrauchs, der ihn sanft schaukelte.

»Sehen Sie«, sagte Hassan, »Sie sind doch ein Engel.«

»O nein«, antwortete der Elf, »wenn du glaubst, ich sei ein Engel, so hast du niemals einen gesehen. Die Engel sind groß und leuchten wie die Sonne am Mittag; niemand kann in ihr Angesicht schauen, der nicht das seine vom Irdischen abgewandt hat.«

»Nun, ich dachte, Sie wären vielleicht einer von den kleineren Sorten«, meinte Hassan schüchtern und bewegte seine schwarze Nase an der Spitze.

Darüber mußte der Elf lachen. »Das sieht ungemein lustig aus, wenn du mit der Nase wackelst«, sagte er, »das kann nicht jeder.«

»Mit der Nase erfahre ich, was ich nicht sehen kann«, sagte Hassan, sehr stolz darüber, daß der Elf soviel Anteil an seiner Eigenart nahm. »Flügel hätte ich wohl auch gern«, seufzte er nach einer

Weile, »aber wo sollte man sie anbringen?« Er schaute bewundernd und glücklich zum Elfen empor, der mit dem Finger an die Tauperlen stieß und zusah, wie sie funkelnd ins Gras niederbrachen.

»Große Tropfen, nicht wahr?« sagte er nachdenklich. Endlich sah er auf und meinte: »Ich bin nun schon lange Zeit auf der Erde und habe vielerlei erfahren, auch unter Menschen bin ich gewesen und habe ihre Worte gehört und ihre Hoffnungen, ihren Kummer. Es ist seltsam, wie sie und auch du und die meisten Wesen über die Engel denken. Sie glauben kaum noch daran, daß es welche gibt, und sehen sie selten. Vielleicht im Traum oder im Todesschmerz, auch wohl in ihrer höchsten Beseligtheit, aber es ist, als ob sie vergessen hätten, daß die Engel immer unter ihnen einhergehen. Wie oft hat ein himmlischer Engel ein Geschöpf gesehen, und es ist seiner nicht gewahr geworden. Woran mag es liegen?«

»Ich weiß nicht«, sagte Hassan, der mit großer Spannung zuhörte. »Vielleicht liegt es an den Verhältnissen.«

»Du kannst es auch nicht wissen«, meinte der Elf. »Ich glaube, um die Engel sehen zu können, muß man ein Mensch sein und ein großes und gutes Herz haben. Oder vielleicht eine Blume; manche Blumen kennen die Engel.«

»Kannst du etwa auch mit Blumen reden, wie du mit mir reden kannst?« fragte Hassan erstaunt.

Der Elf nickte. »Wo ich Liebe finde, da kann ich mich verständigen«, sagte er. »Wäre mehr Liebe in der Welt, so würden sich alle verstehen.«

»Ach so«, meinte Hassan; »ja, das ist gut möglich.«

Der Elf sann nach, und nach einer Weile sagte er langsam, mit einem traurigen Ausdruck: »Warum haben die Menschen die Engel vergessen? Sie kommen in vielerlei Gestalt zu ihnen und offenbaren ihre Gegenwart allen, deren Augen für die Gaben der Liebe offengeblieben sind und deren Herzen sich Andacht bewahrt haben und den freien Gleichtakt der Unschuld. Bald geht ein Engel dahin in der Gestalt eines Kinderlächelns oder im Lied eines Vogels, auch kommt er als ein jäher Sonnenblick in einen dunklen, öden Raum, oder als Erinnerung an genossenes Glück.

In solchen Augenblicken sind die Engel willens, die Menschen zu führen, ihnen die Augen für das Rechte und Schöne zu eröffnen und ihnen den Weg des Heils zu zeigen. Kinder nehmen sie oft geradezu bei der Hand, so daß man es deutlich sehen könnte, wenn die Augen nur ein wenig dafür noch tauglich wären. Die Menschen nennen es einen glücklichen Zufall, wenn solch ein geliebtes kleines Wesen wie durch ein Wunder bewahrt bleibt, aber es sind immer die Engel in unsichtbarer Gestalt. Auch zu den Großen kommen sie in Stunden schwerer Entscheidungen, tiefer Erniedrigung oder hoher Beseligung. Sie können so deutlich reden, daß das Herz erschrickt, so liebreich trösten, wie nur himmlische Sendboten es vermögen; oft eröffnen sie Bedrückten durch einen Wink ihrer Hand einen Blick in eine schöne Zukunft, oder sie weisen ein Herz auf sein angestammtes Recht zurück und erhellen seine Irrtümer, so daß ihm plötzlich der Gang der Welt um vieles gerechter erscheint als noch eben zuvor, denn wer an Gerechtigkeit zu glauben vermag, wird nicht durch Mißgeschick in dauernde Finsternis gestoßen. Die Erinnerung und die Hoffnung sind ihre schimmernden Boten, im Gleichtakt zwischen ihren Mächten pocht jedes irdische Herz. Wessen Hoffnung aber zu erlöschen droht, dem gestalten sie, wie in einer stillen Abkehr der Seele, die Erinnerung um so strahlender. Immer stiften sie Helligkeit, Zufriedenheit, und endlich führen sie die Seelen in das Reich. Ach, arm ist eine Zeit, die den Glauben an die Engel verloren hat.«

»Ich glaube jetzt schon wieder daran«, sagte Hassan rasch. »Was du sagst, ist schön, und weshalb sollte das Schöne nicht eher wahr sein als das Arge?«

Der Elf sah Hassan liebevoll an: »Ich wünsche dir, daß dir alles gut ausgeht, was du heute beginnst«, sagte er herzlich. »Ich fliege nun zu den Menschen; leb wohl!«

»Du fliegst in der Tat zu den Menschen, Elf? Da sähe ich mich doch lieber vor.«

»Es zieht mich zu ihnen«, antwortete der Elf und breitete seine Flügel aus, »ich kann nicht anders, aber ich werde am Abend wieder auf die Wiese kommen.« Damit flog er davon.

Hassan sah ihm nach, bis er wie ein winziger Lichtschein zwischen den Baumstämmen verschwand. Er ist doch ein Engel, ein kleinerer, dachte er und versuchte zu begreifen, was ihm geschehen war und was er gehört hatte.

Siebentes Kapitel

Hassans Kampf mit Ala

m folgenden Tag sang dicht über dem fließenden Wasser des Bachs das Rotkehlchen in einem Lindenzweig. Es saß in einem wundervollen Blätterraum, so licht geborgen, wie Leute es kaum ahnen, die nicht schon einmal in einem Baum gesessen haben. Alle Blätter, auf welche das Rotkehlchen niederschauen konnte, waren vom schönsten saftigen Grün, hatten kleine goldene Sonnenteller und zeichneten sich prächtig gegen das blaue Wasser ab. Viel schöner aber waren die Blätter anzuschauen, die über dem Kopf des kleinen Vogels wuchsen, denn die Sonne durchleuchtete sie, so daß sie wie von hellem, grünem Glas erschienen, mit einem seligen Glanz aus Gold.

Man kann sich auch für den Widerhall des Gesangs nichts Besseres denken als ein so offenes Blätterhaus, das Licht, Blumenduft und den warmen Odem des Frühlingswindes einläßt, gedeckt ist und doch offen, allem Hellen zugängig und doch versteckt, und gerade das, worüber so viele Sänger klagen, war für das Rotkehlchen so prächtig erfüllt, daß sich verstehen läßt, daß es fast den ganzen Morgen hindurch sang.

Lieblich und klar, wie fallendes Wasser auf bunten Steinen, hallte es durch den strahlenden Wald. Es schien, als leuchtete die Sonne heller als zuvor; feierlich standen die großen Bäume auf ihrem dunklen Erdengrund, und die Blumen neigten sich, in ihrem Glück so würdevoll, in ihrer Schönheit so reich, daß die Welt vollkommen erschien. Und unermüdlich sang der kleine Vogel:

»Die Weite des Baches liegt blau in grün,
mein Herz möchte weiter, ach weiter!
Aber es weiß das Herz nicht wohin,
immer bleibt alles fern blau in grün,
wo ich verweil', ist es heiter.

> Aber ich möchte der Traurigkeit,
> tief, meines Herzens folgen.
> Schön ist das Nah, aber herrlich das Weit;
> sagt mir, ihr Wellen, wann kommt die Zeit
> über den himmlischen Wolken?«

Hassan, der Igel, saß unten im Farnkraut und hörte zu; er konnte sich nicht entschließen, einen Ort zu verlassen, an dem ein Blumenelf weilte. Dies war erstens etwas ungemein Seltenes, dann kam aber auch noch hinzu, daß es hier ohnehin sehr schön war. Wenn man schließlich durch seinen Appetit störte und dadurch unliebsames Aufsehen erregte, daß man zu viele der Wiesenbewohner herunterschlang, so konnte man seine Nahrung auch anderswo suchen; der Wald war groß und Hassan gut zu Fuß. Ich könnte wahrhaftig diesem Elfen zuliebe Pflanzenkost genießen, dachte er, und den Versuch machen, mich von Gras zu ernähren, aber ich weiß im voraus, daß ich es nicht aushalte. Nun, es wird sich schon finden – ich jage anderswo und lebe hier.

Über ihm in den Zweigen raschelte es, und als Hassan durch die grünen Fächer des Farnkrautes sah, erblickte er ein Eichhörnchen, das sich von Ast zu Ast bis auf den Boden, dicht bei seinem Versteck, niederschwang. Hassan entschloß sich, hier um Rat zu fragen, obgleich er im allgemeinen nicht viel für diese Tiere übrig hatte, sie waren ihm zu beweglich. Er trat hervor, und das Eichhörnchen machte einen Satz, so lang, wie der Bach breit war.

»Himmel und Wolkenbruch, Sie dicker Popanz, wie können Sie einen so erschrecken!« rief das Eichhörnchen atemlos. »Kommen Sie her und fühlen Sie, wie mein Herz klopft – oder bleiben Sie lieber, wo Sie sind, Sie Stachelschwein!«

»Aber ich muß doch bitten«, sagte Hassan gekränkt; »ich bin weder das eine noch das andere. Was das erste ist, weiß ich überhaupt nicht, aber ein Stachelschwein bin ich erst recht nicht. Ich bin Hassan, der Igel.«

»Das ist mir vollkommen gleichgültig«, lautete die ärgerliche Antwort. Sonst war das Eichhörnchen in der Regel viel höflicher, aber es hatte sich in der Tat auf das heftigste erschrocken, und dadurch verliert man leicht den Sinn für liebenswürdiges Entgegenkommen.

Hassan entschuldigte sich; aber nun meinte das Eichhörnchen erst recht, ihm sei Unrecht geschehen.

Es saß da, im Gras, daß es ein Entzücken war, Hassan fühlte sich wirklich neben diesem zierlichen Tier wie ein schwerfälliger Eindringling. Er hätte es am liebsten in die Arme geschlossen, so lieblich war der Anblick: das feine Köpfchen mit den spitzen Ohren, die dunklen, klugen Augen und der breite, buschige Schwanz, der den eleganten Körper in einem Bogen überragte und von einer leuchtenden rotbraunen Farbe war wie das Buchenlaub im Herbst.

»Nehmen Sie es nicht übel«, sagte er noch einmal, »ich habe Sie nicht erschrecken wollen – aber wie Sie meinen.«

Das Eichhörnchen merkte, daß es dem Igel gefiel, und wurde deshalb etwas freundlicher. Nun darf man aber nach diesem Vorfall nicht etwa annehmen, daß ein Igel ein dummes oder ungeschicktes Tier sei. Ganz im Gegenteil ist er ein ungewöhnlich kluges Tier und in keiner Weise so tölpelhaft, wie er auf den ersten Blick erscheinen kann. Natürlich, wenn man ein Eichhörnchen ist, versteht man unter Geschicklichkeit etwas ganz anderes als ein Igel.

»Ich habe mich heute morgen ohnehin verschlafen«, sagte das Eichhörnchen und musterte den Fremden. »Was wollen Sie denn hier?«

»Ich möchte fragen, ob man guttut, sich hier anzusiedeln.«

Das Eichhorn schaute interessiert auf. »So, darauf will man hinaus! Nun, ich heiße Li und habe darüber zu entscheiden.«

Hassan schaute aus seinen Stacheln hervor und dachte nach. Er sagte sich dann, daß er eigentlich niemanden zu fragen brauchte, wenn er bleiben wollte, denn wenn Li das mächtigste Tier der Wiese war, so gab es niemanden, der ihn wegschaffen könnte, wenn er nicht einverstanden war. Er blinzelte listig und lachte vor sich hin.

»Nun, ich denke, Sie erlauben es«, meinte er, rollte sich plötzlich zusammen, so daß er wie eine große dunkelbraune Kugel aussah, und seine Stacheln sträubten sich und klirrten leise.

»Oh, pfui Teufel«, rief das Eichhörnchen und machte einen kleinen Satz. »Nun sieh einer dies Stachelschwein!«

Hassan schielte nur über die Spitze seiner schwarzen Nase aus seinem gewölbten Stachelberg hervor; es sah ungemein originell aus, weil niemand, der noch keinen Igel erblickt hatte, dort unten eine Nase vermutet hätte. Aber so war ihm nicht beizukommen.

Li ärgerte sich. »Können Sie etwa senkrecht an einem Baumstamm in die Höhe laufen?« fragte es.

»Nein«, sagte Hassan betroffen und wurde wieder etwas länglicher.

Li lachte. »Das hab' ich mir gleich gedacht, Sie ...«

»Dann versuchen Sie gefälligst einmal jemanden zu stechen, der Ihnen mit der Hand über den Rücken fährt«, gab Hassan verdrießlich zurück, denn er merkte nun, daß das Eichhörnchen ihn verspotten wollte.

»Warum denn?« fragte Li. »Weshalb soll ich denn jemanden ohne allen Grund stechen? Wer tut denn das? Stachelschweine tun das!«

»Ich bitte mir jetzt endlich Respekt aus!« rief Hassan.

»Was sollte mich denn dazu veranlassen, Sie zu respektieren? Sie können nicht klettern, stechen jeden, der Sie anfaßt, und haben nicht einmal einen Schwanz. Sehen Sie den meinen an!«

Li drehte sich ein wenig im Gras und sah sich nach Hassan um, der nicht ohne Erstaunen und Neid auf den prächtigen, buschigen Schwanz des Eichhörnchens schaute. Es war in der Tat eine Pracht.

»Jeder hat eben etwas anderes«, sagte er verstimmt.

»Ganz recht, mein Lieber, und ich habe etwas Besseres.«

Mit diesem Tier war nicht auszukommen, Hassan sah es ein. Wenn das die Folge seiner Ansiedlung sein sollte, daß er sich täglich über dies eingebildete Geschöpf zu ärgern hätte, so stand für ihn fest, daß er nicht blieb. Es fiel ihm auch gar nichts mehr ein, was er zu seinem Vorteil hätte sagen können.

Als er nachdachte, erklang hinter ihm ein kaum hörbares Rascheln und gleich darauf ein scharfes Zischen. Das Eichhorn flog herum, als ob es sich zu einem wilden Tanz anschickte, versuchte einen Satz zu machen, um davonzukommen, blieb aber zitternd und völlig willenlos an seinem Platz hocken, und ein schmerzliches und unbeschreiblich angstvolles Wimmern brach aus seinem Mund.

»Ala, die Kreuzotter«, stammelte das arme Tier. Seine Augen verdrehten sich, es begann einen sonderbaren, schaukelnden Verzweiflungstanz mit dem Oberkörper, kam aber nicht vom Fleck, und jedes Tröpfchen Blut war aus seinem frechen Gesichtchen gewichen.

Es war in der Tat Ala, die Kreuzotter, die sich im Gras aufrichtete. Sie hatte sich etwa um die Hälfte ihrer Länge emporgehoben, ihre hellen Augen funkelten wie zwei Diamanten, und ihre langsamen, beinahe trägen Bewegungen in der Sonne hatten etwas ungemein Grauenerregendes. Das Furchtbarste aber war dies scharfe, eindringliche Zischen, das über die gespaltene, feine Zunge her aus dem bösen Rachen des platten Köpfchens kam und das Blut aller Geschöpfe erstarren machte wie die Stimme des Todes. Wer weiß auch nicht, daß Alas Biß tötet, noch ehe ein Hilfsmittel beschafft werden kann, ja ehe man recht darüber zur Besinnung kommt, was geschehen ist.

Li, das Eichhorn, war in der Tat zu bedauern. Es war herzzerreißend anzuschauen, wie es versuchte, davonzukommen, wie aber die Bewegungen der Giftschlange und ihr Zischen es am Platz bannten und ihm alle Vernunft und jeden Willen raubten. Es ist eine alte

Wahrheit, daß die Bewegungen der Schlange alle kleineren Tiere zu verzaubern scheinen.

»O hab Erbarmen«, wimmerte es. Es dachte an die hohen, schaukelnden Zweige seines Baumes; wie wollte es seine freie Kunst im Klettern und Springen gebrauchen, wenn es nur davonkönnte!

Aber die Kreuzotter kennt kein Erbarmen. Es sah aus, als ob das merkwürdig süße Maul des bösen Tiers heimlich lächelte, und die schöne Zickzacklinie auf seinem Rücken, in ihrer schaurigen Todespracht, glitzerte im Sonnenlicht und verdunkelte sich wieder im Schatten der kleinen Kräuter und im Moos. Nichts war beängstigender, als daß man nicht in der Lage war, diesen schleichenden, ziehenden Bewegungen im Gras mit den Blicken zu folgen.

»Töte mich doch, ach, töte mich gleich!« flehte das Eichhörnchen.

Da fiel in seiner heißen Angst Lis Blick auf Hassan, den Igel, und ein unbeschreibliches Erstaunen durchfuhr das Eichhorn in seiner Todesnot. Es wußte wirklich nicht, ob es seinen Augen trauen sollte, aber es war kein Zweifel: Hassan saß ganz still und vergnügt im Gras und lächelte zu Ala hinüber. Aber das war ja unmöglich; kannte er denn die Kreuzotter nicht?

Li hatte sich vor Schreck und Entsetzen noch nicht gefaßt, als plötzlich Hassan ein Stückchen vorlief, gerade vor die Schlange hin, und so rasch, wie es in seinem Leben nicht gedacht hätte, daß ein Igel laufen könnte. »Hassan«, schrie es, »Sie sind verloren!«

Der Igel war gerade auf die Schlange zugelaufen und stand nun unmittelbar vor ihr.

Zu Lis unbeschreiblichem Erstaunen ringelte sich die Schlange jählings zusammen, so daß ihr Kopf nur noch oben aus dem bunten Ornament hervorragte, das ihr gewundener Körper am Boden bildete. Sie öffnete den Rachen weit, ihre Zunge schoß wie ein kleiner Blitzstrahl aus und ein, und ihre Augen funkelten in unerhörtem Zorn. Dabei zischte sie so laut und wild, daß man es weit über die Waldwiese hin vernahm und alle Kreaturen umher erschauerten.

Es wäre sicher selbst ein Löwe davongesprungen, aber Hassan, der kleine Igel, hielt diesen giftigen Drohungen so gelassen stand, als zirpte nur eine Grille im Gras.

Sein Lächeln war verschwunden. Seine dunklen Augen blickten ernst und kühn drein; seine Haltung hatte etwas ungemein Bewußtes, dazu war sie kampfbereit und fast geschmeidig – ganz verändert sah Hassan aus, der eben noch nachlässig und scheinbar schwerfällig im Gras gehockt hatte.

»Hab' ich Sie endlich, Ala«, sagte er langsam und mit sonderbar tiefer Stimme. »Hier haben Sie mich nicht vermutet, nicht wahr? Aber nun hilft Ihnen Ihre List nichts mehr, die mich so oft getäuscht hat. Sie müssen nun den Kampf aufnehmen, denn die erste Wendung zur Flucht, die Sie machten, würde Ihr sicherer Tod sein!«

Das helle, wilde Zischen wiederholte sich, Ala dachte nicht an Flucht. Sie machte plötzlich eine weiche, angstvolle Bewegung, als habe sie allen Mut verloren, gegen Hassan zu kämpfen. Doch der Igel ließ sich nicht täuschen, er kannte Alas Art. Und richtig – kaum daß sie den Anschein erweckt hatte, als sei ihr nicht um Streit zu tun, fuhr sie auch schon mit einer blitzschnellen Bewegung hoch durch die Luft zu, und ihr weit geöffneter Rachen mit den furchtbaren Giftzähnen schnellte jählings zwischen Hassans Augen auf die ungeschützte Stirn zu.

Aber so rasch die Bewegung der Schlange gewesen war – Hassans blitzschnelle Neigung des Kopfes war schneller, und das Maul der Schlange fuhr mitten in die gesträubten Nackenstacheln ihres Gegners.

Bei dem furchtbaren Aufprall durchbohrten die Stacheln des Igels Lippen und Kiefer der Schlange. Mit einem hellen Zischen der Wut und des Schmerzes fuhr sie zurück, rüstete sich aber sogleich zu einem neuen Angriff, obschon ihr große dunkle Blutstropfen am Munde niederrannen.

Hassan saß unbeweglich da. Er wußte, daß der Schlange keine Wahl blieb, als den Kampf auf Tod und Leben fortzusetzen, und er wußte auch, wie dieser Kampf ausgehen würde. Hätte Ala sich zur Flucht gewandt, so hätte er sie leicht ereilt und ihr Genick mit den Zähnen erwischt, denn ein Igel kann rascher laufen als eine Schlange.

Die Kreuzotter wußte dies alles nur zu gut; kochend vor Grimm spähte sie nach einer verletzbaren Stelle am Körper des Gegners. Li hatte die erste Niederlage der Schlange benutzt, um mit einem gewaltigen Satz den Stamm der Linde zu erreichen, und nun saß es auf einem niedrigen Ast, trocknete sich den Angstschweiß von der Stirn und suchte zu begreifen, was sich unter ihm zutrug. War denn das möglich, daß Hassan, der plumpe Gesell, den Kampf mit der allmächtigen Ala aufnahm, die den ganzen Wald mit Schrecken füllte? Bei all seiner Beschämung klopfte das Herz des Eichhorns vor Begeisterung. »Ich werde es gutmachen, daß ich ihn verspottet habe«, flüsterte es mit bleichen Lippen. Es zitterte immer noch am ganzen Körper.

Da sah es, wie Hassan vorsichtig das spitze Köpfchen ein wenig vorschob, um seiner Gegnerin Gelegenheit zu einem neuen Angriff zu geben. Und richtig machte die Schlange den gleichen Versuch wie das erstemal, und wieder fuhr ihr geöffneter Rachen mitten in die Stacheln des Igels. Diesmal war ihre Bewegung um vieles matter, als sie sich zurückzog; ihr Blut rann in Strömen, und nun schien es, als ob Schmerz und Grimm sie in einen Taumel von Mordgier und Kampfeswut trieben. Unter Zischen und Fauchen stieß ihr verwundeter Kopf wieder und wieder zu wie ein kleiner wilder Hammer, blindlings und sinnlos. Hassan traf kein einziger Biß; seine Stacheln färbten sich rot, seine Bewegungen und Wendungen waren sicher, geschickt und rasch.

Da plötzlich warf Ala, die Kreuzotter, den bösen, schönen Kopf, der ganz von Blut überströmt war, in einer müden, ergebenen Senkung zurück auf den geringelten Leib; sie rollte sich zu einem bunten, gezackten Knäuel zusammen, als wollte sie sich in die Erde einwühlen, und man sah, daß sie vor Schmerz und Todesangst nicht mehr wußte, was sie tat.

Hassan stieß zu mit einem jähen Ruck, als habe er von unsichtbarer Hand einen Stoß bekommen, und durchbiß das Genick seiner Gegnerin dicht hinter dem Kopf. Da hörten die Windungen des zakkigen Knäuels langsam auf. Ala war tot.

Es ging wie ein bebendes Aufatmen durch den Wald. Das boshafte Zischen der Schlange hatte das ganze Volk der Wiese und alle Tiere weit umher aufgescheucht, und was nicht entflohen war, hatte mit Zittern und Bangen dem heißen Kampf zugeschaut. Nun verbreitete sich die Kunde rasch im Revier. Aus dem Wipfel der Linde erhob sich mit Rauschen und schwerem Flügelschlag ein Rabe und rief laut über die grüne Wildnis hin, die sich unter seinen Flügeln wie ein wogendes Blättermeer ausbreitete: »Ala, die Kreuzotter, ist überwunden. Hassan hat sie getötet!«

Was schreit er denn so? dachte der Igel und trabte gemächlich zum Bach hinab. Weiß er denn nicht, daß das sein muß? Er tauchte das spitze, schwarze Maul ins Wasser und trank in gierigen Zügen. Hinter ihm, auf dem Kampfplatz, richteten die Blumen und Gräser sich langsam wieder auf, und Li, das Eichhörnchen oben im Baum, schämte sich, obgleich es unbeschreiblich erleichtert war.

Da steckte Josa, die Ringelnatter, ihren mondfleckigen Schlangenkopf aus den braunen dürren Schilfmassen, auf denen die Sonne brannte, und sagte zu Hassan: »Haben Sie Dank, das war eine große Tat!«

Hassan wandte sich nach ihr um. »Machen Sie, daß Sie weiterkommen«, sagte er, »sonst geht es Ihnen ebenso.«

Josas Kopf war so still und rasch wieder fort, als wäre er nie dagewesen. Er ist eben ein Igel, dachte sie, ein grober Igel! Aber er soll sich vorsehen, wenn erst ich einmal den Kampf aufnehme.

Hassan aber sah sich weder nach ihr noch nach den anderen Tieren der Waldwiese um. Ein anständiger Kerl, der nicht mehr als seine Pflicht getan hat, will nichts von Dank hören, am wenigsten, wenn die Leute erst dann freundlich werden, wenn sie einen Vorteil durch ihn gehabt haben. Dies ist so Art der Igel, da ist nichts zu ändern. Ich bin ein rechter Tor, dachte er, daß ich vergessen habe, wer ich bin und was ich kann, nur weil ein Eichhorn senkrecht an einem Baumstamm hinauflaufen kann und ich nicht. Ich werde nicht mehr um Unterkunft bei Fremden bitten. Ich bin ein Igel, nicht mehr und nicht weniger – das will ich sein.

Achtes Kapitel

Die Winde

Wo am Waldrand am Stamm einer Föhre das dunkle Moos zwischen knorrigen Wurzeln wuchs, rankte die Winde sich empor. Ihre jungen Ranken tasteten sich an der braunen Borke hoch und waren von zartestem Hellgrün und so empfindlich wie die Glieder eines neugeborenen Kindes, das seine Hände liebebedürftig gegen das Angesicht der Mutter emporhebt. Ihre durchscheinenden Blätter sahen gegen den braunen Föhrenstamm licht und leicht aus, als wäre ein helles Ornament von der Hand eines Malers auf dunklen Grund gezeichnet worden, aber ihre Sinne waren wach und wohlbestellt, so daß sie ihren Weg zum Licht empor vertrauensvoll und glücklich suchte.

Ein großes Farnblatt und ein Trieb der wilden Rose, die dicht neben ihr emporgewachsen waren, hatten ihr hilfreich zur Seite gestanden, als ihre ersten Ranken, noch blind von der Erinnerung an die dunkle Erde, sich Halt suchten. Tastend, bewegt vom Frühlingswind und von der Sonne geführt, war sie langsam höhergeklommen, den Waldgefährten dankbar und die erwachende Seele voll Hoffnung. Nun war ihre Stunde gekommen, und am Abend vor ihrem Erblühen flüsterte sie im Wind der Dämmerung den Pflanzen zu: »Morgen werde ich meine Augen öffnen, morgen zieht der Himmel in meine Seele ein.«

Ihre hellblaue Knospe, die kaum noch vom grünen Kelch geborgen war, zitterte im Lufthauch und empfand die kühle Nacht, die auf den Wald, ihre Heimat, niedersank, aber das Licht und die Wärme des vergangenen Tages fluteten durch ihren Traum, und noch, als sie schon schlief unter dem Tau, war ihr, als wachte ihr Herz.

Sie träumte vom unsichtbaren Wind, von den Stimmen der Bäume und dem Summen der Insekten, deren ferne Lebensmelodie sie mit unbeschreiblichen Ahnungen von künftiger Seligkeit durchschauert hatte. Sie vernahm in der tiefen Erinnerung ihres Schlafs wieder die frohen Rufe um sich her, die sie auf ihrer Lebenswanderschaft von den schon Erwachten im Licht vernommen hatte. Wie wird mir sein, wenn ich erblühe, dachte sie, wenn meine Blume den Himmel empfängt? »Den Himmel!« flüsterte sie im Traum.

Was hatten ihre Sinne nicht von den Beglückten um sich her vernommen und erlauscht, wie ein einziger goldener Jubel umfing sie die Ahnung dessen, was ihr am Morgen geschehen sollte. »Dies sind die Vögel in den Zweigen«, hatten die wilden Rosen ihr gesagt; »ihr Lied fällt aus den Strahlen der Morgensonne so kühl wie Tau, liebreich wie der Wind und holdselig wie der Sinn der Freude. Sie werden am strahlenden Tag deines Erwachens singen, ihre Lieder, die Farben der Welt, die lebendige Glut der himmlischen Sonne und die Seligkeit aller Atmenden werden wie ein einziger Rausch unfaßbaren Entzückens auf dich einsinken, wenn du erblühst. Du selbst wirst schön sein unter den Schönen, du wirst beseligen, wie du beseligt bist, und alle, die dich erblicken, werden dich segnen, wie du ihnen dankst. Keine Sorgen sollen deinen Wohlstand stören, alles, dessen du bedarfst, wird zur Stunde zu dir kommen, deine Freude soll vollkommen sein. Wenn dein Kelch sich am Abend nach vollbrachtem Tag neigt, wirst du in gnädigem Dunkel mit den Schlafenden ruhen, müde vor Glück, und ein neuer Tag wird dir kommen.«

Die Knospe erwachte schon früh vor Tag aus ihrem Traum, und erzitternd im Morgengrauen fürchtete sie sich vor der Allmacht dessen, was ihr geschehen sollte. Es war unfaßlich still in der kaum vom Licht berührten Welt, nichts regte sich, alle Vögel schliefen noch, und der Tau war noch nicht gefallen. Sie empfand, daß der Himmel langsam, langsam heller wurde. Die Zweige des Baums über ihr zeichneten sich dunkel gegen die totenstille Höhe ab, und man erkannte noch keine Farben, nicht Grün, nicht Braun, alles war wie in silbergraue Schleier gehüllt. Heute, heute werde ich aufbrechen, dachte die kleine Knospe; goldener Tag, komm bald!

Da erscholl über ihr ein zaghaftes, klares Trillern und verstummte. Aus der Waldferne antwortete ein silberner Schlag. Sie erzitterte unter einem Tropfen, der sich auf ihrem geneigten Blumenkelch bildete, der noch geschlossen war, und nun nahm ein kaum spürbarer Wind sich ihrer an, lindernd, tröstend und von erlösender Lebensliebe.

»Ich will tun, was ich muß«, flüsterte sie erbebend. »Laß mich geduldig für mein Glück sein, du unbekannte Liebe, die mein Geschick leitet.« Aber sie erzitterte fort und fort, ihre Ruhe versank in einem heimlichen Glühen und Pochen, das aus dem Pulsschlag der gärenden Erde, aus allen Trieben ihres zarten Leibes und aus dem Wesen des waltenden Windes drang.

Es wurde nun bald heller und immer heller, die frohe Regsamkeit der Morgenerwartung bewegte die erwachende Welt, und in das Raunen der Blätter klangen die Stimmen der Tiere, die den heraufziehenden Tag begrüßten. Bis um die Windenknospe her plötzlich der gewaltige Jubel der Natur ausbrach: »Die Sonne! Die Sonne!«

»Ich werde heute meine Seele öffnen und die Sonne sehen«, flüsterte die Winde, und geheimnisvoll regte sich in den farbigen Blättern ihrer Blüte das Wesen der Sonnenstrahlen. Es war eine Liebkosung, ein Locken, ein lautloses Rufen, und ihr war zumute, wie wohl einem Schlafenden sein mag, auf dessen Angesicht erwartungsvoll die Augen eines geliebten Menschen ruhen, der in heißer Sehnsucht auf den Augenblick seines Erwachens harrt, um ihn mit seiner ganzen Liebe zu überschütten.

Da entfaltete sich die blaue zarte Blüte, ganz langsam, im Sonnenschein, wie in einer taumelnden Ohnmacht der entzückten Sinne, und der schimmernde Kelch öffnete sich mehr und mehr, ein bebender Blumenbecher von unbeschreiblicher Reinheit, der sich auftat, um das fließende Himmelsgold der Sonne zu trinken. »Ist das die Sonne?« schluchzte die Blume, haltlos vor Glück. »Ich kann nicht hineinschauen, aber ich muß! O Schwestern im Licht bei mir, ergeht es allen Irdischen so wie uns?«

Aus ihrem schimmernden Farbenlicht, aus ihrem Duft und ihrem Neigen im Wind brach ihre Stimme, allen vernehmbar, die ihrer Art waren und die die Geborenen der dunklen Erde im Sonnenschein lieben müssen. Über ihr sang ein Waldvogel sein Morgenlied im Glitzern des Taus auf den Blättern. Die erwachte Blume verstand seinen Ruf und sein Locken: »Sprich mit mir, sprich dein Herz, sprich deine Freude.«

Der Frische des funkelnden Morgens folgte der warme, farbige Tag mit seinem Treiben um sie her, aber die Blume sah nur die Sonne an. Bis bald auch in ihrer Nähe die geheimnisvollen Stimmen der Käfer und Bienen laut wurden. Die Sonnenwärme nahm immer mehr zu, ein Schwingen wie von himmlischem Erbrausen hüllte sie mehr und mehr ein; sie tat ihren Kelch weiter auf und immer weiter, ihr war, als verginge sie in diesem glühenden Glänzen, und ihre Hingabe war so inbrünstig, als verblutete sie vor Verlangen.

Nun zog mit lautlosem Schaukeln, fröhlich von seinem reinen Flügelkleid getragen, ein Schmetterling an ihr vorüber, mitten zwischen ihrem aufgetanen Kelch und der goldenen Sonne hindurch.

Da rief die Blume, ihr Farbenglanz trug ihre Stimme, und ihr Duft begleitete ihn: »Tu mir Liebe an und komm!«

Der Schmetterling ließ sich in dem blauen Rund ihrer Blüte nieder, o Wunder, daß er sie verstand! Tausend Bächlein von Sonnenwärme und zitternder Himmelsluft rieselten mit seiner Berührung an ihr nieder, sie neigte sich tief unter der hellen, lebendigen Last und hob sie wieder mit sich empor.

»Bleib noch«, bat sie, »du himmlischer Sendbote, du Freund meines Lebens.«

Aber der Falter mußte weiter, und nun vernahm die Blume plötzlich das Bitten, Rufen und Locken um sich her, von dem die ganze Wiese in Farben und Düften erklang. Je mehr Insekten nun zu ihr kamen, um so besser verstand sie ihre Schwestern umher und in der Ferne, sie begriff, daß sie ihr Lebensgrüße sandten, und gab sie freien Sinnes zurück, immer die strahlende Blüte gegen die Sonne geöffnet, als sei keine Schuld und kein Fehl möglich, wenn sie sich ganz dem Licht anvertraute.

So ging ihr erster Tag im Blühen dahin; sie durchlebte ihn wie alle Glücklichen, ohne Bedenken und Rückhalt, ohne den Gedanken an sein Ende, in ihrer schönen Pracht. Als die Sonne, mit der ihr Angesicht gewandert war, hinter den Baumkronen im Grünen niedersank, begann sie sich langsam zu schließen, aber solange noch ein Strahlenabglanz des Lichts auf der Erde widerschimmerte, wachte sie und ließ ihn zu sich ein. Als aber der Abendwind von den Saaten zu ihr kam, fand er sie stumm und verschlossen im Dunkeln, als habe ihre Seele sich nie geöffnet.

Aber sie konnte auch im Schlaf die Sonne nicht vergessen, die ihr ganzes Wesen durch und durch erhellt hatte. Keine Finsternis kann mich mehr vom Licht trennen, träumte sie, ich habe es mit meinem ganzen Wesen eingesogen, ich habe das Glück der anderen und ihre Seligkeit erfahren an mir, nichts wird meine Seele mehr vom ewig schönen Leben scheiden.

Neuntes Kapitel

Die Lerche

ine Lerche verflog sich auf die Waldwiese; es war noch sehr früh, aber Onna, die Bachstelze, war schon auf und sah die Lerche fallen. »Wie ist es?« sagte sie zu ihr. »Wollen Sie hierbleiben – ich meine, wollen Sie immer hierbleiben, wollen Sie sich hier auf unserer Wiese niederlassen, oder wie ist es?«

»Guten Morgen«, sagte die Lerche.

Onna erwiderte den Gruß und nickte auf ihre wirklich entzückende Art, wie nur Bachstelzen es können. Ihre Bewegungen waren viel anmutiger als ihre Worte. Dann meinte sie, um nichts freundlicher: »Es ist hier wenig Aussicht zu gedeihlicher Ansiedlung; man findet wohl, was man braucht, aber nicht viel mehr. Im trockenen Schilf wohnt Josa, die Ringelnatter – von der Eule in der Linde schweige ich. Sonne kommt auch nicht eben viel her; also nun sagen Sie, was Sie wollen!«

»Ich will wieder fort«, sagte die Lerche. »Entschuldigen Sie, daß ich gestört habe, aber ich war sehr hoch am Himmel, und das Licht der Sonne hat meine Augen geblendet. Ich war so entzückt vom Glanz und der Kühle, daß ich nicht mehr recht wußte, wo ich mich niederließ, es war wie ein heller, seliger Taumel, wissen Sie.«

»Taumel …?« wiederholte die Bachstelze und wippte. »Und was reden Sie da nur sonst noch? Die Sonne ist ja noch gar nicht aufgegangen!«

»Doch«, sagte die Lerche, »hoch oben schien sie schon.«

»Aber Liebe! Wozu diese Übertreibung? Wir sind hier unten einfache und ehrliche Leute und haben nicht viel für Fremde übrig, die aufschneiden. Schauen Sie doch hinauf in den Wipfel unserer Linde. Sie werden sich rasch davon überzeugt haben, daß die Sonne noch nicht aufgegangen ist. Schön sind Sie übrigens auch nicht gerade.«

»Nein«, sagte die Lerche, »ich bin nicht schön.«

»Nun, wenigstens darin sind Sie ehrlich, aber das mit der Sonne hat mir nicht gefallen. Ich habe einmal ein Falkenpaar belauscht, das in der Linde Rast hielt, und da hörte ich, daß die Falken höher fliegen, als die Kugel des Jägers reicht, ja daß sie sich so hoch emporschwingen können, daß sie, die doch große Vögel sind, wie kleine Punkte am Himmel erscheinen.«

Die Lerche nickte. »O ja«, sagte sie nachdenklich, »die Falken fliegen sehr hoch.«

»Ja, nun, und – –? Wollen Sie etwa sagen, daß Sie höher fliegen können als die Falken?«

Die Lerche schwieg, aber die Bachstelze gab sich nicht zufrieden, denn man mußte doch nach ihrer Meinung sehen, daß man überall recht behielt, wo es sich irgend einrichten ließ.

»Wie ist es denn mit dem Singen, meine Gute?« sagte sie. »Haben Sie es jemals zu einer rechten Melodie gebracht?«

Die Lerche schüttelte den Kopf. »Ich muß immer jubeln«, sagte sie.

»Jubeln? Nun ja ... Haben Sie mal unser Rotkehlchen singen hören?«

»Doch«, antwortete die Lerche; »es hat mich sehr glücklich gemacht.«

»Nicht wahr? Sehen Sie, so was finden Sie bei uns auf der Waldwiese. Und nun wollen Sie sich also hier ansiedeln?«

»Nein, ich fliege in die Saat zurück, aber vielleicht erlauben Sie, daß ich etwas Tau nehme?«

»Gut«, sagte Onna, »nehmen Sie also.« Und sie schaute zu, wie die Lerche trank, und es bereitete ihr Freude, sich so gut und gastfreundlich gegen einen fremden Vogel zu benehmen, der weder ehrlich zu sein schien, noch schön war, noch etwas Rechtes im Singen zuwege brachte.

Als die Lerche sich anschickte, davonzufliegen, kam durch die Blumen der Elf. Sein lichter Schein begleitete ihn; wo er dahinschritt, blinkte der Tau der Gräser in der Morgenkühle auf, und die erwachenden Blumen grüßten ihn mit feinem Läuten und frischem Duft.

»Ach«, rief die Lerche entzückt und voll höchsten Erstaunens, »haben Sie hier einen Blumenelfen?«

»Das will ich meinen«, sagte die Bachstelze und trat etwas zurück, damit die Fremde den Elfen besser sehen konnte.

Aber da gewahrte auch der Elf die Lerche im Gras, und plötzlich breitete er seine Arme aus, und mit erhobenen Flügeln eilte er auf sie zu, »O du! O du!« rief er, und sein Gesicht leuchtete vor Glück. »Ist es denn wahr, eine Lerche ist zu uns gekommen? O sei gesegnet, du Himmlische im Blauen, du liebliche Verkünderin der Morgenfrühe, o du, die Sorgen und alle Traurigkeit der Nacht aus der strahlenden Höhe her verscheucht, wie glücklich bin ich, daß ich dich sehe.«

Und er legte seine schimmernden Arme um den Hals des Vogels

und barg sein goldhaariges Haupt an der Brust der Lerche. Dabei brach er in ein so leidenschaftliches Schluchzen der Freude aus, als sei ihm das größte Glück widerfahren, das immer einem Elfen auf der Erde begegnen kann.

»Ja, Herrgott«, sagte die Bachstelze leise und kraulte sich betroffen im Nacken, »das muß mir passieren, also gerade mir …«

Aber sie sollte noch ganz andere Dinge erfahren.

»Ich liebe dich, du schöner Vogel«, sagte der Elf zur Lerche, und sein Lächeln, das durch die Tränen brach, war voll heißen Dankes. »Du bist es gewesen, die mich getröstet hat, als ich im Morgenrot den Weg in meine Heimat nicht mehr fand, durch dein Lied ist der Glaube in mein Herz zurückgekehrt, daß ich ihn einst wiederfinden würde. Ich sah den Menschen, der sein Tagewerk auf dem Acker begann, wie er seine Augen gläubig zu dir emporhob; dein Jubel segnete seine Arbeit und begleitete sein Gebet in die Regionen der Herrlichkeit Gottes empor. So fällt dein Gesang mit dem Tau durch die Frische zu uns Irdischen nieder, von deiner Freude klingt die Morgenluft, die das Gemüt von den Schatten der Nacht erlöst. Ich segne dich, du Verkündigerin des Lichts, ich danke dir aus Herzensgrund.«

»Aber bitte«, sagte die Lerche, beschämt vom Glück des Elfen. »Sie sind wirklich sehr freundlich zu mir. Ich tue ja nur, was ich muß, ich kann nicht anders.«

»Ich weiß es«, antwortete der Elf, »aber mein Herz muß lieben, alles, was berufen ist, die Schönheit der Welt in ihrem Sinn zu offenbaren. Ich lobe den Schöpfer, wenn ich dich lobe, du kleiner Vogel.«

Jetzt war Onna, die Bachstelze, doch gerührt; sie trat ein wenig vor und meinte: »Man hätte das gar nicht gedacht, daß die Lerche soviel bedeutet – wenigstens ich nicht. Wie sie so dasaß im Gras … unerfahrene Leute hätten sie für einen Spatzen gehalten. Aber es ist ja wahr, sie jubelt morgens.«

Der Elf lächelte auf so holdselige Art, wie nur er lächeln konnte, und Onna sagte sich daraufhin innerlich: Mein Irrtum kann so schlimm nicht gewesen sein, sonst würde der Elf nicht lächeln. Da sagte er zu ihr: »Eine Lerche kann sich im Gras nicht bewähren, sowenig wie ein Falke im Käfig oder wie eine Blume im Schatten. Wenn du die Wesen der Schöpfung – wie auch den Menschen – erkennen willst, so mußt du sie in ihrer Freiheit aufsuchen. Die Lerche fliegt höher als alle anderen Vögel; nur die Adler schwingen sich so weit empor wie sie, und nur im Fliegen vermag sie zu singen. So ist sie uns von Gott zur frohen Botschaft der Hoffnung gesetzt, die früher als die Sonne die Seligkeit am neuen Tag verkündet.«

»Alle Achtung«, meinte Onna. »Ich brächte das nicht fertig, aber ich habe es nicht so schlimm gemeint vorhin. Wer glaubt aber auch ohne weiteres, daß ein so kleiner Vogel höher fliegen kann als die Falken? Sie soll sich denn also ruhig hier ansiedeln, die Lerche.«

»Das tut sie nicht, sie wohnt im Korn«, meinte der Elf, und die Lerche nickte und breitete ihre Flügel aus. Aber sie konnte sich noch nicht vom Elfen trennen; immer mußte sie ihn ansehen, als würde alles in der Welt reich und gut durch seine Nähe.

»Wenn du einst heimfliegst, will ich singen«, sagte sie endlich, und sie nahmen voneinander Abschied; Onna wippte höflich und winkte der Lerche nach, die mit einem hellen Triller der aufgegangenen Sonne entgegenflog.

Da der Elf den Bach hinaufschritt, um Assap, den Frosch, zu besuchen, der schwer mit dem Leben zu kämpfen hatte, blieb Onna zurück, um nachzudenken. So rasch wird man innerlich nicht mit einem Ereignis fertig, das das Herz bewegt hat; man beschäftigt sich am besten noch eine Weile damit, dann wird das Gemüt ruhiger.

Aber als die Bachstelze gefrühstückt und ihr Bad im Bach genommen hatte, vergaß sie, darüber nachzudenken, auch trug sie kein Verlangen mehr nach anderen Dingen, als im Glanz der warmen Sonne am Wasser zu sitzen und überall umher zuzuschauen, wie schön das Leben war.

Zehntes Kapitel

Assap und Jen

a nun von Assap, dem Frosch, die Rede gewesen ist, den der Elf besuchte, will ich seine und die Geschichte seines Bruders erzählen; es ist immer gut, man weiß etwas Näheres über die Leute, mit denen man in Berührung kommt.

Assap war durchaus nicht etwa auf der Waldwiese geboren, sondern viel weiter abwärts im Bach, dicht vor seiner Einmündung in den Eulensee, der ganz zwischen uralten Weiden lag und seinen Namen von den Eulen bekommen hatte, die ringsumher in den hohlen Weidenstämmen hausten. So hatten er und sein Bruder Jen schon in frühesten Tagen zur Nacht den Eulenruf gehört, und da sich nach Meinung der Frösche nun einmal Unheil damit verbindet, hatte er nie so recht an eine aussichtsreiche Zukunft geglaubt.

Sie waren damals noch sehr jung, hatten gerade ihre Beinchen bekommen, besaßen aber noch ihre Schwimmschwänze, mit denen die jungen Frösche sich anfänglich im Wasser fortbewegen. Das war ein Zustand, der ihnen nicht besonders behagte, sie wußten nicht recht, ob sie sich noch zu den Kaulquappen rechnen mußten oder ob sie schon zu den Fröschen gehörten. Immerhin, der Morgen war strahlend schön, und sie hockten vergnügt am Rand eines Huflattichblatts im sanft fließenden Wasser und betrachteten den Morgenhimmel, der langsam blau wurde. Jen summte leise seinen Frühgesang vorsichtig hin; leider dachte er sich nicht viel dabei, was er eigentlich hätte tun müssen.

»Gott, der du im Himmel bist,
über allem Leben,
sorge, daß hier Wasser ist
und auch Land daneben.

Segne unsrer Schenkel Schwung,
sende große Fliegen,
nämlich ohne einen Sprung
kann man sie nicht kriegen.«

Assap nickte behaglich vor sich hin und dachte an die Zeit, in der der Fliegenfang für sie beginnen sollte. Oh, es mußte eine große Zeit sein!

Da schrie plötzlich sein Bruder Jen entsetzt auf und starrte, halb umgewandelt, mit einem Ausdruck von großer Bestürzung ins Wasser. »Mein Schwanz!« rief er. »Er ist ab und schwimmt fort!«

Assap sah ins Wasser. In der Tat, es ließ sich nicht in Abrede stellen, dort trieb der Schwanz seines Bruders in den Strudeln, drehte sich um sich selbst und entfernte sich langsam immer weiter.

»Das geht auf keinen Fall!« rief Jen außer sich. »Ich muß ihn wiederhaben, er gehört mir!« Und er machte Miene, sich ins Wasser zu stürzen, um seinem Besitztum nachzuschwimmen.

Aber Assap, der überhaupt der Besonnenere von den beiden war, hielt ihn zurück und sagte rasch: »Denk an die Hechte im Eulensee! Wenn der Bach dich in den See treibt, kannst du sehen, wie du das Ufer ungefressen wieder erreichst. Was willst du denn mit deinem Schwanz tun, wenn du ihn zurückhast?«

Dem kleinen Jen kamen Tränen in die Augen, es war, als würde er sich dessen für einen Augenblick bewußt, daß dort draußen im Bach seine Kindheit schwamm, die nie mehr zurückkehren sollte. Aber er fühlte sich doch recht getröstet, als sein Bruder mit einem bewundernden Blick sagte: »Du siehst aus wie ein richtiger Frosch.«

Der kleine Jen sah durch seine Tränen in die Flut nieder und versuchte sich im Wasserspiegel an der Stelle zu erkennen, wo sein Schwanz nicht mehr war. In der Tat, er sah ungemein erwachsen aus, abgerundet und fertig. »Herrlich«, sagte er, ganz still vor Entzücken. »Hättest du das geglaubt, Assap?«

»Nun ja«, meinte der Bruder, deutlich ein wenig von Neid geplagt, »etwas Ähnliches mußte wohl eines Tages geschehen. Der alte Burr sagte etwas derart, als er einmal von den Mondkonzerten zurückkam. Alle Kaulquappen verlieren ihren Schwanz eines Tages, um Frösche zu werden.« Er sah vor sich nieder und dachte nach.

Ach, es ist schade, daß ich hier nicht vom alten Burr erzählen kann; es würde zu weit führen, aber es ist einer der erfahrensten Frösche des ganzen Baches, ja man kann sogar ruhig des Sees sagen. Leider ist er in seinen Gewohnheiten etwas heruntergekommen, aber ungemein witzig und gescheit. Vielleicht, daß ich in einem anderen Buch sein Leben erzählen kann; es ist außerordentlich abwechslungsreich, und er gehört zu den ganz seltenen Fröschen, die einmal in der Gewalt des Storches gewesen und wieder entronnen sind. Es kam, weil der Storch lachen mußte – man weiß nicht worüber –, jedenfalls glaubt

Burr noch heute, daß jener es nicht gewagt hätte, einen Mann von seiner Erfahrung als Nahrungsmittel zu verwenden. Von ihm stammt auch das Volkslied, das noch viel im Traulenbach und im Eulenteich von den Fröschen gesungen wird:

> Ach, wie mir das Herz zergeht
> unter großem Weh,
> wenn der Mond am Himmel steht
> und zugleich im See.
>
> Meine Seele ahnt es dann,
> tiefbewegt und still,
> daß der Frosch nicht fliegen kann,
> auch nicht, wenn er will.

Auch Assap und Jen kannten dieses Lied bereits, wenn sie auch bisher noch keine Erlaubnis gehabt hatten, es öffentlich mitsingen zu dürfen. Aber in diesem Augenblick dachten sie an alles andere eher; besonders Assap wurde immer nachdenklicher, je mehr er sich mit seinem Bruder verglich, der nun ein fertiger Frosch geworden war. Und so plötzlich! Niemand hatte vorher irgend etwas Bestimmtes vermutet.

»Faß an, Jen, Bruder!«, rief er plötzlich. »Wir reißen ihn aus!«

»Wen denn?«, fragte Jen etwas erschrocken.

»Meinen Schwanz, Bruder. Es ist unmöglich, daß er noch besonders fest sitzt, wenn der deine sich ohne besondere Mühe, ja geradezu von selbst entfernt hat – bedenke, wir sind am selben Tag geboren!«

Jen sah es ein. »Wir wollen es versuchen«, sagte er etwas unsicher. Eigentlich wünschte er sich heimlich, es möchte nicht gelingen, denn er wäre gar zu gern eine Weile allein schon ein fertiger Frosch gewesen und hätte seinem Bruder davon erzählt, wie es ist, schon erwachsen zu sein.

Sie mußten einen Augenblick warten, denn es kam eine große Latte den Bach heruntergeschwommen, auf der zwei kleine Waldschnecken saßen, grau und klebrig, wie solche Tiere von Haus aus nun einmal sind, eine blaue Fliege und ein Ohrwurm. Der Ohrwurm war sehr aufgeregt, er lief hin und her und rief irgend etwas, indem er den Arm schwenkte. Die Frösche verstanden nicht alles, es scholl etwa hinüber zu ihnen von »verlassener Heimat«, »Wanderfahrt« und »großem Strom«. Endlich hörten sie noch: »Mein selbstgewolltes Erdenschicksal!«

So fuhr er auf dem großen Holzfloß dahin in der Sonne, und das Uferschilf warf rasche Schatten, als ob man an einem Gitter vorüberführe.

Assap schüttelte den Kopf und sah dem Fremden nach: »Was will er denn?« meinte er. »Er scheint ganz von Gott verlassen.«

»Vielleicht treibt das Holz eines Tages ans Ufer, er steigt aus und gründet eine neue Heimat«, meinte Jen nachdenklich; »so was soll vorkommen.«

Assap nickte. »Jetzt zieh, was du kannst«, sagte er gefaßt, und Jen tat es mit brüderlicher Hingabe, bis der Schwanz glücklich riß und jeder von ihnen nach einer anderen Seite ins Wasser stürzte. Assap tauchte als erster und nun auch als fertiger Frosch aus den Fluten empor, und die Brüder umarmten einander und beschlossen, ihr Leben lang in Treue zusammenzuhalten. Es ist gewöhnlich so, daß man in einer glücklichen Stunde des Erfolges gern gute Vorsätze für die Zukunft faßt, und das ist auch durchaus so am Platz.

Leider wurde den beiden jungen Fröschen keine Gelegenheit zur Ausführung ihrer gemeinsamen Lebensfahrt gegeben, denn der kleine Jen geriet unvermutet in die Gefangenschaft eines Knaben. Er tat alles, was ein vernünftiger Frosch zu tun pflegt, wenn sich ein Storch, ein Mensch oder sonst ein gefährliches Wesen dem Bach nähert: Er sprang ins Wasser, tauchte unter und wühlte nach Möglichkeit den Boden des Bachs auf, damit er in der getrübten Flut nicht mehr gefunden werden konnte. Aber diesmal nützte es ihm nichts, denn der Knabe hatte ein Netz bei sich, das an einer Stange befestigt war und vermutlich in der Regel dem Fang von Schmetterlingen diente. Jen wurde emporgezogen, und als das Wasser im Netz sich verlaufen hatte, zappelte er zwischen einigen Schilfhalmen auf dem Grund und war fassungslos, weil er in keiner Weise an die Möglichkeit einer solchen Einrichtung gedacht hatte.

Der Knabe sah erwartungsvoll in das Netz, und Jen entsetzte sich über die Maßen über die großen blauen Augen des Menschen, die unter gelben Haaren, die im Sonnenschein funkelten, auf ihn niedersahen. Er hörte eine fürchterlich laute Stimme dicht über sich und sah durch die Maschen des Netzes einen zweiten Menschen über die Wiese kommen, der sich nun auch über das Netz beugte, ebensolche Augen hatte, aber bei weitem längeres Haar und eine feinere Stimme.

Es wurde mancherlei über ihn gesprochen, die Laute kamen aus den roten Mündern hervor, und man sah weiße Zähne dahinter blitzen. Jen dachte, während er verzweifelt an der Wand des Netzes emporzukommen suchte, es müßte doch hundertmal besser sein, in die Gewalt des Storches zu geraten, als dem Menschen in die Hände zu fallen. Was er rief und bat, wurde nicht verstanden, so viel ließ sich bald erkennen. Auch er verstand die Laute nicht, in denen die beiden Menschen sich unterhielten.

»Ach Gott«, sagte der Knabe zu dem kleinen Mädchen, das mit ihm auf die Sommerwiesen gelaufen war, »es ist wieder nur ein ganz gewöhnlicher brauner; ich hätte so gern einmal einen echten grünen Laubfrosch gefangen.«

»Ja«, antwortete das kleine blonde Mädchen, »es ist nur ein brauner, aber er ist hübsch klein und nicht so häßlich wie die großen.«

Der Knabe schien zu überlegen. »Ich will ihn jedenfalls mitnehmen«, entschloß er sich, fuhr mit der Hand in das Netz und ergriff Jen, »vielleicht versteht er doch etwas vom Wetter, oder ich kann es ihm beibringen.«

Er hatte Jens Bein erwischt, zog ihn daran empor und hielt ihn gegen den Himmel. Das Mädchen öffnete eine ovale grüne Büchse, die ihr Bruder, über die Schulter gehängt, bei sich trug. Jen verschwand in der Öffnung wie im Rachen eines grünen Ungeheuers und hörte noch einen ohrenbetäubenden Knall, der wie ein Donnerschlag dröhnte, denn die Büchse mußte rasch wieder zugeschlagen werden, weil noch eine ganze Reihe anderer Gefangener darin untergebracht worden war. Dann wurde es dunkel.

Bald merkte er, daß er sich in einem Gefängnis befand, und zu seinem Entsetzen wurde er gleich darauf gewahr, daß er nicht allein war. Es brummte, surrte und krabbelte rings um ihn her, in einem ganz unbeschreiblichen Durcheinander von Beinen, Flügeln, feuchten und trockenen Leibern. Dabei herrschte ein unerträglich scharfer Geruch von allerhand Kräutern und Blumen, mit denen die Büchse fast bis an den Rand gefüllt war. Das Entsetzen des kleinen Jen war um so nachhaltiger, als beim besten Willen nicht das geringste deutlich zu erkennen war, und wenn man schon einmal von Angst gequält wird, so wird sie durch die Ungewißheit, die die Dunkelheit herbeiführt, meist noch um vieles größer.

Er hörte Klagerufe und tiefstes Seufzen und so inniges Bitten um Befreiung oder wenigstens um etwas Licht, daß ihm die Tränen in die Augen kamen, und er empfand, daß um ihn her ein großes Sterben war wie auf dem Schlachtfeld. Er kannte die Stimmen der Blumen und Pflanzen nicht, aber so viel ließ sich ihrem Seufzen leicht entnehmen, daß sie in großem Elend waren. Dabei stieß und schaukelte die Büchse erbarmungslos, und man war beim besten Willen nicht in der Lage, eine bestimmte Stellung einzunehmen – immer wieder befand man sich plötzlich anderswo. Einmal kam Jen neben eine Blindschleiche zu liegen in der äußersten Ecke des Gefängnisses. Der Knabe hatte die Büchse abgehängt und ins Gras gelegt, so daß es einen Augenblick still geworden war.

»Mein Gott«, sagte die Schlange zu Jen, »ist Ihnen so etwas schon einmal passiert?«

»Wie kommen Sie darauf?« fragte Jen. »Dies ist ja einfach unfaßlich. Wo sind wir denn, und was soll das alles?«

»Der liebe Himmel weiß es«, seufzte die Schlange und wickelte sich auf. »Aber ich werde schon sehen, daß ich entwische. Über eine solche Behandlung läßt sich überhaupt nicht reden. Wenn man noch giftig wäre, aber so ...«

Über ihnen flüsterte es aus den Blättern hervor: »Ach, es war hell über den gelben Blumen.«

Es war ein Schmetterling, der mit gebrochenen Flügeln in die Pflanzenstiele eingeklemmt war. Er lag im Sterben und sagte deshalb von nun ab nichts mehr.

Eine große Weinbergschnecke, der sehr übel geworden war, weil sie das Schaukeln der Büchse nicht vertragen konnte, sagte schluchzend: »Wenn ich nur mein Haus nicht bei mir hätte, ich würde eine Geschwindigkeit an den Tag legen, die man so leicht nicht wieder bei einem Tier fände.«

Nach einer Weile begann das unangenehme Rütteln von neuem, diesmal in gleichmäßigen, derben Stößen, denn der Knabe hatte sich verspätet und mußte nun laufen, um womöglich noch rechtzeitig zu Hause anzukommen. Dort flog endlich das Gefängnis mit einem donnerartigen Krachen auf den Tisch, und dann wurde es für lange still und blieb unheimlich dunkel, und jedes der gefangenen Tiere versuchte sich darüber klarzuwerden, wieviel von seinem Leben noch übrig war.

Jen machte noch eine Reihe angenehmer Bekanntschaften, aber es hatte viel gegen sich, einander im Finstern vorgestellt zu werden; es kamen die peinlichsten Verwechslungen vor, und die Stimmung war allgemein gedrückt. Der einzige, der die Laune nicht verlor, war ein Grashüpfer. Immer wieder glaubte er, sich durch einen Sprung aus seiner Gefangenschaft retten zu können, aber jedesmal stieß er aufs neue an und fiel zurück, und man hörte ununterbrochen in kleinen Abständen das Ticken, das entstand, wenn er mit dem Kopf an die Wand stieß.

Als er einmal auf eine Eidechse fiel, erregte er Ärgernis bei die-

sem gutmütigen Tier: »Geben Sie endlich Ruhe«, sagte sie mürrisch.
»Ich kenne Sie überhaupt nicht«, sagte der Grashüpfer. »Reden Sie nicht mit mir, wenn Sie nicht vorgestellt sind.«

»Dann springen Sie mir auch nicht auf dem Rücken herum, ohne vorgestellt zu sein«, gab die Eidechse ärgerlich zurück.

»Wenn Sie mich Ihren Buckel herunterrutschen lassen«, rief der Grashüpfer, »so deuten Sie doch damit bereits an, daß Ihnen nichts an meiner Bekanntschaft liegt. Übrigens, wenn Sie springen könnten, täten Sie es auch. Jeder springt, wenn er kann.«

Die Eidechse seufzte. Es war besser, nicht auch noch Streit anzufangen, sie meinte deshalb nachsichtig: »Sie sollten sich die unglückliche Lage, in der wir uns alle befinden, so weit zu Herzen nehmen, daß Sie wenigstens nur bescheidene Äußerungen tun.«

»Was nützt mir Bescheidenheit, meine Liebe?« rief der Grashüpfer. »Ich verlasse mich lieber auf meine Beine, mit ihnen komme ich weiter. Passen Sie auf, sobald die Büchse geöffnet wird, werden Sie sehen, wozu Beine gut sind, wie ich sie habe.«

Jen hörte aufmerksam zu. Wie interessant, dachte er, einmal vom Charakter der Leute etwas zu erfahren, die man bisher nur gefressen hat. Übrigens werde ich mir die Pläne des Grashüpfers zunutze machen und springen, sobald das Gefängnis geöffnet wird.

Dies geschah kurz darauf. Der Knabe hatte die ganze Familie um den Tisch gesammelt, auf den er seine Botanisiertrommel gelegt hatte, und war willens, alle seine Lieben an der Freude teilnehmen zu lassen, die seine Beute ihm bereitete. –

Jen war durch den grellen Lichtschein geblendet, der plötzlich in die Nacht des Kerkers drang; er sah anfänglich so gut wie nichts, nur einige Menschenköpfe glaubte er zu unterscheiden, die dicht über den Ausgang gebeugt waren. Er dachte an die Pläne des Grashüpfers und sprang blindlings drauflos, so hoch und weit er konnte. Er landete auf einer harten, blanken Platte, und in seiner Verwirrung achtete er nicht darauf, daß sich plötzlich die Hand des Knaben über ihn legte und ihn fest umschloß.

Die Hand war warm, bebte ein wenig und drückte heftig, aber gleich darauf öffnete sie sich wieder, und Jen fiel zu seiner unaussprechlichen Freude in klares Wasser, auf dessen Grund es von allerlei Pflanzen grün schimmerte. So rasch er konnte, tauchte er unter und verkroch sich, so gut es ging, unter Schilfblättern, etwas erstaunt darüber, daß sich der Boden nicht aufwirbeln und das Wasser nicht trüben ließ.

Er ahnte nicht, wo er sich befand, noch wußte er, daß er ohne seinen Willen durch seinen voreiligen Sprung zum Erretter eines großen Teils seiner Leidensgefährten geworden war, denn sowohl der Grashüpfer wie ein Teil der übrigen Tiere hatten die allgemeine Aufregung benutzt, um sich davonzumachen. Dies gelang ihnen in der Hauptsache deshalb, weil sich die Erschließung ihres Kerkers gottlob auf der Hausveranda zugetragen hatte, die unmittelbar in den Garten führte.

Die Zeit verging langsam, und es wurde dämmerig, der Abend sank nieder. Der kleine Jen hatte bald herausgebracht, daß er sich nicht in der Freiheit, sondern in einem engen, runden Käfig befand, dessen Wände durchsichtig wie Wasser waren, aber so hart wie Stein. Er hatte seine Bemühungen aufgegeben, dieser Gefangenschaft zu entrinnen, saß still und traurig an der glatten Wand und sah in die Abenddämmerung, in den Garten hinaus. Einmal war der Deckel seines Käfigs geöffnet worden, und jemand hatte einen Grashüpfer zu ihm ins Wasser geworfen, der nun ruhig, alle Beine weit vom Körper abgespreizt, auf der Oberfläche schwamm. Er war tot. Jen glaubte in ihm seinen Gefährten aus dem ersten Gefängnis wiederzuerkennen, aber er war dessen nicht sicher.

Glaubt man etwa, ich fräße den? dachte er. Hungrig genug war er, aber kein gesitteter Frosch frißt einen toten Grashüpfer. Ein Grashüpfer, der verschlungen werden soll, muß springlebendig sein, munter und jung. Man muß ihn noch eine ganze Weile im Magen rumoren fühlen, von dem angenehmen Kribbeln ganz zu schweigen, das er verursacht, wenn er den Hals hinuntergleitet.

Jen war unbeschreiblich traurig. Was sollte werden? Draußen über dem Garten ging der Mond auf und schien in den gläsernen Käfig. Der tote Grashüpfer drehte sich langsam an der Oberfläche des Wassers, und sein Schatten bewegte sich, schaurig anzusehen, grau und groß auf dem Fensterbrett, auf dem der Glaskäfig stand. Dort sah Jen auch seinen eigenen Schatten, rund und plump, wie einen feuchten Fleck zwischen den silbrigen Streifen vom Wasser, vom Glas und vom Mondlicht. Alles war fremdartig und unheimlich, und an Schlaf war unter diesen Umständen kaum zu denken. Einmal kam – gegen Mitternacht – eine Maus auf dem Fensterbrett daher, sie sah durch das Glas, schien aber niemand zu erkennen und entfernte sich dann rasch weiter, weil sie unten, in der Dunkelheit, gerufen wurde.

Kurze Zeit darauf mußte der kleine Jen doch aus Erschöpfung eingenickt sein und lange geschlafen haben, denn als er erwachte, war es heller Tag, und draußen funkelte der Sonnenschein im Grünen. Der Knabe, der ihn gefangen hatte, kam nach einer Weile und schaute neugierig durch das Glas, wobei er seine Nase so dicht an die Wand des Kerkers drückte, daß sie an der Spitze platt und rund wurde. Er öffnete den Deckel und nahm Jen heraus, legte ihn auf ein weißes Tuch, das er über ihm zusammenschlug, und dann rieb er ihn von allen Seiten, ihn abzutrocknen. Jen ging der Atem aus, er glaubte jeden Augenblick zu ersticken. Hierauf wurde das Tuch wieder geöffnet, und der Knabe rührte mit der einen Hand Farbe in einem kleinen Topf an, mit der anderen hielt er Jen fest und begann dann, ihn grün anzustreichen, denn er wollte einen Laubfrosch aus ihm machen, der das Wetter ansagen sollte.

Jen kamen Tränen in die Augen; es war ihm unbegreiflich, weshalb dies geschah, und zu seinem Schrecken sah er zuerst seinen schönen hellen Bauch und dann auch den braunen Rücken und sein Gesicht über und über grün werden. Man kann sich nichts Peinlicheres denken. Alle Anzeichen, die Jen gab, um kundzutun, daß er dagegen war, wurden mißverstanden, der Knabe pinselte eifrig weiter und lachte vor Vergnügen, als Jen bald darauf als ein grüner Frosch auf dem Tisch herumsprang und überall Flecken zurückließ, wo er gesessen hatte.

Jen selbst war so verwirrt, daß ihm kein vernünftiger Gedanke mehr kam. Er wurde wieder in seinen Käfig gesetzt, der nur noch wenig Wasser enthielt, oben auf die Spitze einer kleinen Holzleiter; dort sollte er trocknen. Auch gehörte es sich sowieso, daß er oben saß, denn das Wetter war schön, und dann muß ein Laubfrosch oben sitzen und nicht unten im Wasser. Jen galt als Laubfrosch und sollte die Verpflichtung übernehmen, die man von solchem Tier erwartet.

Trauriger kann das Leben nicht mehr werden, dachte er und wünschte sich, sterben zu dürfen. In diesem Aufzug konnte er sich ohnehin nicht mehr bei seinen Verwandten sehen lassen, und was würde Assap sagen?

Als er sich nach einer Weile allein sah, stieg er gedankenvoll und betrübt die Leiter nieder, um sich im Wasser etwas abzukühlen, denn die Sonnenstrahlen fielen heiß in seinen Kerker, und die Farbe brannte auf der Haut. Aber kaum war er untergetaucht, als er gewahr wurde, daß das Wasser sich langsam grün zu färben begann, während sein Körper wieder die alten Farben annahm. Jen glaubte, alles umher sei verzaubert, und von Angst getrieben, kroch er rasch wieder die Leiter empor und sah erstaunt auf das grüne Wasser nieder. Der alte Burr aus dem heimatlichen Bach mußte doch im Recht gewesen sein, wenn er früher oft gesagt hatte: »Hütet euch vor dem Menschen, er ist ein großer Zauberer.« –

Das Schicksal des kleinen Jen ging unendlich traurig zu Ende, denn er ist von den Menschen vergessen worden und hat vor Hunger sterben müssen. Es kam daher, daß der Knabe, der ihn gefangen hatte, mit seinem Schwesterchen in die Ferien reiste, und da gab es so vielerlei zu sehen und zu erleben, daß beide nicht mehr an Jen dachten, der in seinem Glaskäfig auf der Fensterbank der Veranda stand. Sie hatten nicht einmal gewußt, wie er hieß.

Jen starb, nachdem er drei Tage und Nächte vergeblich auf Hilfe gewartet hatte. Es war eine sehr schwere Zeit für Assaps kleinen Bruder, und es ist nur gut, daß man im Traulenbach nichts von seinem Geschick erfahren hat.

Nun ist ein Jahr darüber vergangen. In seinen letzten Lebensstunden mußte Jen oft an das klare Wasser des Bachs seiner Heimat denken und an die wilden Rosen, die über der Flut hingen. Mit solchen Gedanken schlief er eines Abends vor Schwäche ein und erwachte nicht mehr. Es war am vierzehnten August.

Elftes Kapitel

Ukus Nacht mit dem Elfen

In der Nacht, die den letzten Ereignissen auf der Waldwiese folgte, fand der Blumenelf auf seinem Mooslager keinen Schlaf; er sah hinaus in den Mondschein, der dicht vor dem Ausgang seiner kleinen Höhle glitzerte, und ihn verlangte danach, in die Freiheit hinauszukommen und in das Land zu schauen. So flog er empor bis auf einen Ast der Linde, und sein Leuchten begleitete ihn. Die Welt war verklärt vom Licht des Mondes, der voll und rund hoch am Himmel über dem schlafenden Erdreich stand, inmitten unzähliger Sterne. Da der dürre Ast des Baumes vorragte, saß der Elf in der kühlen, hellen Luft zwischen Himmel und Erde, allein, wie er war, unter den vielen schlafenden Geschöpfen, unter denen er verweilen mußte, bis eine große Liebe ihn zu seiner himmlischen Freiheit erlöste.

Sein Goldhaar blinkte im Mond wie einst, als er die Lilie verließ, um das Glück eines irdischen Wesens zu werden. Er dachte an die kleine Biene Maja, mit der er zu den Menschen geflogen war und die nun in hohem Ansehen bei den Ihren daheim in der Bienenstadt des Schloßparks weilte. Und die himmlische Ungeduld, der irdische Teil aller Wesen, die das Gute von ganzem Herzen wollen, strahlte aus seinen Augen in ihrer Traurigkeit.

Gibt es auf der Erde diese große Liebe, die mich erlösen soll? dachte er. Ich will nicht in Bangen leben, die Nacht ist wundervoll. Mir wird geschehen, wie es im ewigen Rat bestimmt ist.

Er erschrak ein wenig, als ihn plötzlich jemand sanft, aber recht vernehmbar von der Seite anstieß. Es war Uku, die Nachteule, die groß und dunkel dicht neben ihm auf dem Lindenast saß und ihn mit ihrem Flügel angestoßen hatte.

»Gute Mondfahrt«, sagte sie bedächtig, aber herzlich auf ihre Art, und der Elf grüßte sie auf die seine. »Du schläfst nicht?« fragte Uku. »Dir ist wohl in der Kühle und im sanften Licht; ist es nicht so? Ich werde die Leute nicht recht begreifen lernen, die das grelle Sonnenlicht diesem milden Himmelssegen vorziehen.«

»Lebst du hier immer in der Linde?« fragte der Elf, der Uku wiedererkannte.

Uku nickte. Ihr großes Gesicht mit den schwarzen runden Augen sah merkwürdig genug aus, der kleine gebogene Schnabel hockte darin wie eine Nase, und sie hatte eine seltsam melancholische Art, ihre Augenlider ganz langsam zu öffnen und zu schließen. Man unterschied in ihrem weichen Gefieder kaum eine Färbung, es schimmerte grau und leblos wie die Schatten der Bäume am Stamm. Wäre die vertrauensvolle Art der Elfen nicht frei von Furcht gewesen, so hätte ihn sicher ein heimliches Grauen vor seiner lautlosen Nachbarin befallen.

Uku schwieg lange und sah über die Felder auf das beschienene Land. Es lag ein feiner Nebelschleier über dem Korn, und von weit, weit her hörte man das Bellen eines Hundes.

»Ein stilles Land«, sagte sie endlich und seufzte aus tiefster Brust auf.

Der Elf wandte sich zu ihr und sah sie an. »Quält dich etwas?« fragte er.

»Ich kenne dich schon lange«, entgegnete die Eule, ohne gleich auf seine Frage zu antworten, »ich habe dich unter Pflanzen und Tieren gesehen, mit Faltern, Rehen und dem kleinsten Gewürm, und habe mir viele Gedanken über dich gemacht. Ich bin ein alter Vogel, und du, der so vielerlei weiß, wirst auch wissen, daß ich es ernst nehme mit meinen Gedanken. Manche fragen mich um Rat, und ich gelte als weise. Ich kann, was ich sehe und erfahre, in meine Betrachtung der Welt einreihen, ich verstehe es auf meine Weise – aber dich verstehe ich nicht. Es ist meine Art nicht, viel zu sprechen, und auch du sprichst wenig. Dich liebt man, obgleich du schweigst, und ich schweige, obgleich ich weiß, daß ich deshalb nicht eben geliebt werde. Wenn ich es recht betrachte, so bin ich den Tieren des Waldes, den Geschöpfen des Tages verhaßt; du aber bist geliebt, wohin du kommst, und tust nichts, um es zu erreichen. Willst du nicht mit mir sprechen? Ich möchte verstehen lernen, was dich so lieblich macht; du mußt aus einer heilen Welt unvergänglicher Freude stammen.«

Uku schwieg und sah nun mit weit geöffneten Augen in die Weite. Es war so totenstill im Baum und umher im Umkreis, als seien die Zweige und Blätter nicht aus zartem, beweglichem Lebensstoff, sondern erstarrt. Nicht die Spitze eines Blättleins rührte sich. Und über der leblos dunklen Welt mit ihren schlafenden Geschöpfen lagen das weiße, tote Himmelslicht und die feuchte Kühle der Sommernacht.

Der Elf hatte den Kopf geneigt. Nun warf er in holder Ruhelosigkeit sein schimmerndes Haar zurück und sah groß und gerade hinauf in den Mond. »Uku, wie redest du denn?« sagte er leise. »Wäre ich ein Wesen wie ihr, so würde ich leiden und mich freuen wie ihr, aber ich bin nur ein verflogener Elf. Hast du nie von den Elfen gehört, daß du nicht weißt, woher sie stammen und wohin sie gehen?«

»Du liebst und leidest doch wie wir«, sagte Uku, »wenn du auch sagst, daß du es nicht tust. Ist nicht schon vieles in deinem Herzen anders geworden?«

Der Elf sah erstaunt auf, wandte sich der Eule zu, und seine Augen leuchteten, als habe er ein Wort des Dankes auf den Lippen, aber er sagte es nicht, sondern barg plötzlich sein helles Angesicht in den Händen und schluchzte.

»Siehst du«, sagte die Eule, aber es klang unbeschreiblich liebevoll. Sie war in der Tat ein weiser und erfahrener Vogel. Und sie schwieg, denn sie wußte, daß Schweigen oft mehr Linderung bringt als die besten Worte.

Nach einer Weile hob der Elf sein Haupt ruhig empor; man sah keine Spur von Tränen mehr in seinen Augen, und der Klang seiner feinen Stimme war so klar, als würde eine hohe Saite mit einem silbernen Hammer angeschlagen. Doch hatte diese Stimme nichts Fremdes oder Besonderes, sie war den vertrauten Lauten der Natur verwandt, dem Lied des Windes, dem Gesang der Vögel oder dem Fall des Wassers.

Uku war ganz betört von dieser Stimme, und ihr schien, als träumte sie, als der Elf sagte: »Wenn ich eure Freude und euer Leid teilen muß, so liegt es daran, daß ich mich verflogen habe. Meine Bestimmung war, ein irdisches Wesen zu seinem höchsten Glück zu führen und in die Helligkeit meiner Heimat zurückzukehren, nicht aber unter euch zu verweilen. Nun ich aber an die Erde gebunden bin, verwandelt ihr Wesen das meine langsam. So ist meine Seele nun geteilt, Uku; sie war berufen, eure Freude und eure Betrübnis zu verstehen, euer Verlangen und eure Schuld sowie auch eure Schönheit und eure Armut. Nur für euch erwachte sie für kurze Zeit. Die Aufgabe meiner Seele war, alles zum besten zu kehren, nach ihrer Kraft, und sie selber bedurfte der Erlösung nicht, denn sie war damals noch nicht an Vergängliches gebunden. So zog ich im silbernen Nachtfrieden durch das Tal der Welt, selig, da ich beseligen durfte, wunschlos und unaussprechlich frei. Aber nun ich durch meine Schuld an Vergängliches gebunden bin, Uku, bedarf auch ich der Erlösung, denn ich habe die irdische Sonne gesehen in ihrer Herrlichkeit, und wenn ein Elf sie gesehen hat, so ist er an ihr irdisches Reich gebunden.

Verstehst du nun, warum mein Herz zerteilt sein muß? Bei meinem Wunsch, nichts zu tun, als andere zu beseligen, empfinde ich nun auch das Verlangen nach eigener Seligkeit; ich wollte Leiden lindern und sehe mich nun in eigenes Leid verstrickt; ich wollte durch Freude Erlösung bringen, und nun harre ich selbst der Erlösung vom irdischen Bann. Daraus entsteht meine Traurigkeit.«

Uku hatte sich in der Dunkelheit abgewandt und schwieg. Es bewegte ihr Herz, was der Elf sagte. Nach einer Weile fragte sie: »So bist du nicht glücklich, Elf?«

»Doch«, antwortete der Elf, »ich bin es.«

»Was macht dich glücklich?«

»Daß ich lieben kann und Hoffnung im Herzen trage. Alles hat sich verändert, seit ich die irdische Sonne an jenem Morgen gesehen habe.«

»Ja, ja«, meinte Uku, »es ist eine ganz neue Liebe in dir entstanden.«

»Sie kann nicht beginnen oder aufhören«, sagte der Elf zuversichtlich. »Sie schlief in mir.«

Wieder war es eine Weile still in der feierlichen Nacht zwischen diesen beiden Geschöpfen, der großen dunklen Eule, die wie eine unförmige Figur auf dem Ast hockte, und dem Elfen, der licht und zart wie ein kleiner Engel neben ihr saß.

Bald darauf sagte Uku bedächtig und schloß für einen Augenblick ihre großen runden Augen, die ebenso wie beim Menschen beide vorn nebeneinander unter der Stirn saßen: »Auf unser Volk ist im Laufe der Jahrhunderte viel Wissen überkommen und hat sich getreulich vererbt, und so habe ich wohl immer erfahren, Elf, daß diejenigen Wesen, die Liebe im Herzen tragen, auch am zuversichtlichsten auf eine Erlösung hoffen. Aber glaube es mir, Uku, der alten Eule: Nur wer wahrhaft weise ist, kann glücklich sein!«

»Nein«, sagte der Elf mit seiner kindlichen Stimme, »es ist umgekehrt: Nur wer wahrhaft glücklich ist, kann weise sein.«

Uku war wirklich außerordentlich erstaunt über diese Antwort des Elfen und mußte sich sehr lange besinnen, bis sie eine Entgegnung darauf machen konnte. »Daran muß ich nun Nacht für Nacht denken«, sagte sie endlich langsam. »Ich bin eine alte Eule geworden und kann meine Ansichten nicht mehr ändern, aber soviel sehe ich aus allem, was du sagst und tust: Du bist ein himmlisches Kind. Die Frage, die zwischen uns aufgekommen ist, ist so alt wie die Welt, um sie hat sich viel Streit der Gedanken auf Erden erhoben, und manche Stirn voll Hoheit und Kraft ist darüber ermüdet in die Nacht zurückgesunken. Denn die Wunden, welche die Gedanken schlagen, sind brennender und bitterer als die Verwundungen jedes anderen irdischen Kampfes. Aber davon sollst du nichts wissen, du Gesegneter in deiner Einfalt. Was unser letztes Ziel ist, ist dir von Anfang zugefallen. Dir und deinesgleichen, euch ist von den Heiligen der Welt das Reich versprochen.«

Der Elf saß ruhig mit gefalteten Händen da und schaute ins Land; er wehrte der Eule nicht, noch gab er ihr recht, man hätte wirklich nicht mit Sicherheit sagen können, ob er ihr zugehört hatte. Er erhob plötzlich seine helle Stimme und sang in die Nacht hinaus:

> »Meine Heimat ist das Licht,
> heller Himmel meine Freude!
> Tod und Leben wechseln beide,
> aber meine Seele nicht.
>
> Trauer, du, mein irdisch Los,
> über deinen bittren Gaben
> will ich meine Seele groß,
> will sie stark und glänzend haben.«

Ein Wind erhob sich mit leisem Erbrausen der Blätter und mit feuchter Wiesenkühle und trug das Lied über das schlafende Land dem Morgen entgegen. Die Eule aber warf sich plötzlich in ihre weichen, lautlosen Flügel, totenstill wie ein Schatten flog sie davon, über die Kornfelder, dem sinkenden Mond entgegen, der sich rötlich färbte. Eine seltsame Traurigkeit begleitete sie und doch zugleich eine tiefe Beseligung. Sie sah das Land, das sie überflog, die Äcker, die Wälder und Wiesen mit ihren Weiden und die Häuser der Menschen, die dunkel und lichtlos zwischen den Bäumen lagen, in der verschleierten Ebene. Alles erschien feierlich und zu Großem bestimmt, wie auch uns Menschen bisweilen die Dinge erscheinen können, wenn Musik erklingt.

Zwölftes Kapitel

Traule

in warmer Frühlingsabend zog über die Waldwiese und ihre Leute; es war einer von jenen unbeschreiblich klaren Abenden, die die Herzen aller Wesen in einen Frieden versenken, wie niemand ihn nennen kann. Die Sonne ging langsam hinter einer schmalen Wolkenbank unter und umzog ihre Ränder mit einem strahlenden Feuerband, als flösse glühendes Gold in unversiegbaren Strömen um sie her, und in weiter Ferne funkelte ein leuchtendes Wolkengebirge, schneeweiß und blutigrot.

Es ging eine solche Klarheit und Ruhe von diesem gewaltigen Bild am Himmel aus, daß niemand an nahe oder kleine Dinge zu denken vermochte; alle Gedanken wurden weit emporgehoben in diese Freiheit der Himmelsform, so daß sie über die ganze Erde Ruhe und Glück verbreitete. –

Ein Abglanz dieser Schönheit sank auch bis tief hinab in die heimlichsten Gründe der Waldwiese, er rieselte durch das Laub der alten Linde nieder, als würde das Abendgold von ihren höchsten Wipfeln vom Windhauch niedergeschüttet. Die Blumen konnten nicht schlafen vor Glück, immer noch kamen Käfer und Schmetterlinge zu ihnen, ruhelos vor Seligkeit, doch leise und beinahe geheimnisvoll, weil sie nicht stören wollten in dieser Andacht, in der mit kühlem Wind die Träume herangaukelten, um in die Seelen der lebendigen Wesen einzuziehen.

Da breitete sich ein kaum vernehmbares Rauschen über die Wiese und ihre Bewohner aus – es kam von der Linde, durch die der Abendwind zog, und nun wußten alle, daß der alte Baum noch vor der Ruhe der Nacht seinen Schützlingen eine seiner Geschichten von den Menschen erzählen wollte, und die leise Bewegung aus den Zweigen der Linde teilte sich den Gräsern und Blumen und allen Tieren mit in einer fröhlichen Erwartung. Was konnte es Schöneres geben, als am Frühlingsabend seine Augen zu schließen und einer so liebevollen Stimme zu lauschen, die noch nicht schlafen wollte und doch die kühle Ruhe der Nacht nicht störte; die verstand, daß das Glück eines genossenen Tages sowohl den Schlaf fernhalten kann, wie auch ein großer Schmerz es vermag. Aber beide, Freude und Schmerz, haben in der Klarheit eines scheidenden Tages ein milderes Wesen, als ahnten sie, daß, wie nun Licht und Finsternis in der Natur, so auch Freude und Schmerz in den Herzen der irdischen Geschöpfe wechseln müssen.

Aber als eben die Linde beginnen wollte, erhob sich im Busch über dem Bach noch einmal die Stimme des Rotkehlchens. Es erklang im goldenen Licht ein so lieblicher Jubel, daß man für einen Augenblick seine Augen schließen mußte, als gelte es, die Lichtquellen zu bewahren, die im Gemüt bei diesen Tönen aufbrachen. In der Dämmerung, unter den geschlossenen Lidern, war es, als hätten das Windrauschen, der Klang des Bachs und das Lied des Vogels sich zu einer einzigen Harmonie vereint, die das Glück aller Wesen wie einen frohen Dank dem himmlischen Vater emportrug.

Als das Rotkehlchen das Lied beendet hatte, flog es empor in die Krone der Linde, die es in ihrem goldgrünen Glänzen empfing, und lauschte nun dem Rauschen des mächtigen Baumes, wie alle anderen Geschöpfe es taten. Nun werde ich erzählen, was sie vernommen haben.

»Heute sollt ihr erfahren«, begann die Linde ihre Geschichte, »woher der Traulenbach, an dem wir alle wohnen, seinen Namen erhalten hat. Es sind nun wohl nach der Zeitrechnung der Menschen etwa dreihundert Jahre her, da trug sie sich zu. In diesem Zeitraum sind ungezählte Menschen geboren worden und gestorben; aber wenn sie sich auch oft recht verschiedenartig gebärdeten, anders sprachen oder dachten und ihre Gewohnheiten änderten, so sind sie doch immer dieselben geblieben, und dies ist wahr für die ganze Zeit meines langen Lebens. Im tiefsten Grund bewegen ihr Gemüt doch nur zwei große Fragen; um sie dreht sich ihr irdisches Geschick wie auch das unsere, es sind die Fragen danach, was das Herz froh macht oder was es betrübt. Alle anderen Fragen verlieren bald an Wert, alles andere vergeht rasch auf der Erde.

Und so sind sich durch alle Zeiten auch zwei Dinge an den Menschen immer gleich geblieben, das sind die Zeichen für die Freude und für den Schmerz, ihr Lachen und ihr Weinen. Nicht viele von euch sind alt genug geworden, und längst nicht alle werden alt genug werden, um jemals eines von den beiden zu erleben, aber glaubt mir, es gibt nichts, was tiefer erschüttert und inbrünstiger bewegt als das Lachen oder das Weinen der Menschen. Beide müssen so unvermittelt aus den Gründen ihres Herzens brechen wie das Licht aus den Feuerschlünden der Sonne oder wie ein Quell aus den Tiefen eines Felsens.

Niemals, solange ich Menschen gesehen habe, sind ihr Weinen oder ihr Lachen anders geworden, und so kann auch ihr Herz sich nicht verändert haben. Immer noch bricht es ihnen aus den Augen, wenn sie Schmerzen erleiden, in den gleichen klaren Tropfen wie am Anfang; sie sind nicht kleiner und nicht größer geworden, sie rinnen über ihre Wangen zur Erde nieder wie helles Blut, einer nach dem anderen, unbeschreiblich geheimnisvoll, als ob der Glanz der Augen und das Licht darin nicht mehr zum Himmel emporstrebten, sondern zur dunklen, geduldigen Erde heim verlangten. Wer einen Menschen weinen sieht, wird andächtig, alle guten Seiten seines Wesens regen sich und trachten danach, etwas zu tun, damit die Tränen des anderen aufhören zu rinnen.

Aber glaubt nicht, daß das Lachen der Menschen von geringer Macht sei. Ein heiteres Lachen, das aus tiefster Brust emporquillt, ist dem Sonnenschein über grünendem Land oder einem Springquell zu vergleichen, der aufleuchtend und wie berauscht von seiner Frische ins strahlende Himmelsblau emporbraust, um, beseligt von der reinen Höhe, die seine Kraft erreicht hat, niederzubrechen. Glockenklingen, hell wie ein Meer von Blüten, und das farbige Blitzen der zerbrechenden Sonnenstrahlen läuten und funkeln darin, aber zutiefst im Lachen der Menschen erschallt es fein und verborgen von einem heimatlichen Bewußtsein des Glücks, als wären sie in solchen Augenblicken am Herzen der Erde geborgen.

Sagte ich euch nicht schon, weil beides sich in aller irdischen Zeit nicht verändert, daß auch das menschliche Herz im Grunde keinem Wandel unterstellt sein kann? So treffen alle wahren Geschichten über die Schicksale der längst dahingesunkenen Menschen auch auf die heutigen noch zu, und um so eher, je schöner sie sind. Denn alles Schöne ist so eng mit dem Wahren verbunden wie das Unwahre mit dem Häßlichen; daran kann niemand etwas ändern, denn es ist so in Gottes Rat bestimmt.

Traule war die Tochter eines Jägers, der sein Haus nicht weit von unserer Wiese entfernt stehen hatte, dort, wo jetzt das Erlendickicht und die alten Fichten wachsen. Ihr könnt nicht bis dort hinüberschauen, die ihr Blumen oder Sträucher seid, aber ihr wißt durch die Bienen und Schmetterlinge von dem Ort oder durch die Vögel. Das Haus ist längst verfallen, und seine Mauerreste sind überwachsen, der Ort ist euch und euren Völkern zurückgegeben; ich glaube auch nicht, daß es noch Menschen im Lande gibt, die von dem Hause wissen. Die Tannen hat der Jäger um die Zeit gepflanzt, in welcher Traule geboren wurde; auch sie kennen die Geschichte des Mädchens, aber nicht so gut wie ich, denn wenn Traule besonders froh oder traurig war, kam sie auf einem Waldpfad, den nur sie kannte, zu mir, um auf dem Moos unter meinen Zweigen am Bach zu weilen. Wir kannten uns gut und liebten uns sehr.

Einmal, in der Zeit, nachdem ihre Mutter gestorben war, kam sie zu mir, legte ihre Arme um meinen Stamm und sagte zu mir: ›Bei dir ist mir ums Herz, wie mir bei meiner Mutter war. Du nimmst mich an, wie ich bin, du spendest deine Wohltaten, ohne nach meinem Wert zu fragen, und die Ruhe, die dein Wesen atmet, ist ohne meine Bitte immer vorhanden.‹

Die Menschen fühlen, daß wir geduldiger als sie sind, und darum tröstet unser Wesen sie, das nicht wie das ihre leicht in Hoffnung oder Angst in die Irre geht. Traule war wunderschön zu schauen, wie überhaupt die Menschen das Schönste und Erhabenste sind, was die Natur hervorgebracht hat. Ihr Gang ist aufrecht, und ihre Stirn taucht in das himmlische Licht empor, das ihre tiefen Augen widerstrahlen können, als lebte der Glanz der Höhen in ihrer Brust. Ihnen ist Macht über alle Wesen der Erde gegeben, ihr Bild ist in Gestalt und Anmut dem Schöpfer alles Lebendigen ähnlich, und ihre Seele ist unsterblich wie das Licht der Welt. Nichts gibt es, was den Menschen gleichkommt! In den Zügen ihrer Angesichter spiegeln sich die Lust und der Gram alles Irdischen wider, wie meine Blätter es im Wasser tun, so beweglich und geheimnisvoll; ihnen ist der Hort der unvergänglichen Liebe anvertraut, und Gottes Sohn ist um ihretwillen gestorben. Wohl haben viele Menschen vergessen, wieviel sie wert sind, aber Gott vergißt es nicht.

Kurze Zeit, nachdem Traules Mutter gestorben war, kam eines Tages zu Pferd der junge Herr vom Schloß durch den Wald geritten in einem Reiterkleid aus Samt, eine weiße Feder auf dem breitkrempigen Hut und ein Degen an der Seite. Es war ein herrlicher Anblick, ihn so auf seinem weißen Pferd durch den Frühlingswald reiten zu sehen, im Grünen, unter dem Jubel der Vögel dahin, unter dem schimmernden Himmelsblau. Traule hatte am Bach in meinem Schatten geschlafen, nachdem sie zuvor im klaren Wasser gebadet hatte, und sie erwachte vom Klirren der Zügel, die mit Silber verziert waren, und vom Schnauben des Pferdes.

Aber nicht weniger erstaunt als sie war der Grafensohn, denn er sah Traule vor sich im Moos, das Angesicht mit dem goldenen Haar in heißem Schreck erhoben und eine Flut von Morgenlicht und Vogeltrillern um die Schläfen. Es strahlte ihm aus den blauen Augen des Mädchens entgegen, als hätten aller Frohsinn des Frühlings und alle Schwermut der Waldeinsamkeit sich darin in einem blauen Glühen vereint. Sein Entzücken über Traules Anblick war so groß, daß er die Hände emporhob, als wollte er ihr auf seinen Armen den Jubel seines Herzens darreichen.

Beide waren eine Weile still, und man hörte das Wasser des Bachs, so leise es floß, und die Blumen neigten sich an ihren Stielen im Wind, als ahnten sie, daß ein Menschengeschick auf den Lichtwegen der entzückten Augen seinen Einzug in die warme Brust, tief in die Kammern des Herzens hielt.

Und so ist es gewesen. Ich habe niemals etwas Lieblicheres gesehen, nie etwas Schöneres als Traules Freundschaft mit dem jungen Herrn, der vornehm und mächtig war und dem alles Land umher einmal gehören sollte. Er kam nun täglich zu Pferd durch den Wald, bald im Morgenwind, bald im Dämmerlicht der blauen Abendstunden, mit Lachen und Kosen und so viel Zärtlichkeit, wie selbst der Sonnenschein oder die Mailuft sie nicht gewähren. Glaubt mir, ihr alle, das ist das lieblichste Wunder der Welt, wenn ein von Glück überwältigtes Menschenkind, von seiner Liebe glühend, nicht weiß, wie es seine Seligkeit bergen oder zeigen soll. In solchen Stunden sehen die Augen der Menschen den Himmel geöffnet bis an den Thron der Herrlichkeit. Wer nur eine solche Stunde in seinem Dasein durchlebt hat, den kann keine Gewalt im Himmel und auf Erden mehr von seiner zukünftigen Heimat trennen.

Der Jüngling lag in Traules Arm und lachte oder schlief, oder sie sahen miteinander dem Spiel des Lichts auf dem dahinziehenden Wasser zu oder der Wanderschaft der Wolken im Blau. Das Mädchen flocht Kränze aus Anemonen und legte sie bald um sein Haar, bald um das ihre; aber der Ausdruck ihres Gesichts war am geheimnisvollsten, wenn sie die Züge des Mannes, den sie liebte, betrachtete, wenn er schlief. Dann habe ich wahrgenommen, daß das Übermaß der Freude den Angesichtern der Menschen einen Zug von Schmerz aufprägen kann, als bestände ihr ganzes Wesen aus Heimweh.

Die Schwermut und der Frohsinn wechselten einander ab in den freien Stunden der beiden jungen Menschen im Wald. Sie hielten einander oft umschlungen wie Kinder und spiegelten sich lachend im Bach, und ihre mit Blumen geschmückten Stirnen blinkten aus dem Wasser zurück. Aber ihr Glück verwandelte sich oft jählings, und ohne daß ein Anlaß erkenntlich war, in Schwermut. Dann lag Traules Kopf weit zurückgelehnt an der Schulter ihres Freundes; sie faltete die Hände in ihrem Schoß, und die Augen suchten eindringlich und heiß in der Ferne. Es war seltsam genug, ihre Blicke blieben im strahlenden Grün der Waldbüsche hängen, ganz nah, und doch tauchten sie in unabsehbarer Ferne unter. Diese Ferne muß in den Augen der Menschen beschlossen liegen. Menschliche Augen sind ein Wunder der Schöpfung, in einem kleinen, kleinen Kreis leuchtet die Weite der Welt.

Wir alle, die wir Pflanzen sind, ihr Blumen in meinem Schatten, Kräuter und Gras, wir wissen es, und es ist das Gesetz und der Glaube unseres Lebens, daß die Geduld unsere teuerste Pflicht ist. Ihr danken wir Gedeihen und Erblühen, Wachstum und Samen. Wir können den Ort unserer Entstehung unser Leben lang nicht wechseln, uns kommt aller Segen aus unserer Geduld, in welcher wir Sonnenschein und Regen erwarten und auf uns niedersinken lassen, in der wir dem feuchten Erdboden vertrauen und dem unsichtbaren Wind.

Auch den Menschen gilt Geduld als Tugend. Aber es gibt etwas in der Welt, das höher als Geduld ist, das ist die himmlische Ungeduld. Uns ist sie fremd, wir ahnen sie in unseren Träumen, aber sie erhebt oder quält uns nicht, wie sie es den Menschen tut. Mit allem Großen, was ihnen widerfährt, kommt diese himmlische Ungeduld über sie – am stärksten mit der Liebe. Alles Große, was in der Welt an Taten vollbracht worden ist, hat seinen Ursprung in jener himmlischen Ungeduld. Der Tag wird kommen, an dem ich euch von ihr noch viel erzählen werde. In solchen Augenblicken, wie ich sie euch von Traules Schwermut genannt habe, brach auch aus ihren Augen die himmlische Ungeduld hervor, und sie weinte mit unbewegtem Gesicht vor sich hin, und ihr Freund verstand ihre Tränen und wehrte ihnen nicht.

›Höre, Traule‹, sagte er liebreich zu ihr und sah das Mädchen nicht an, sondern hinaus in die schimmernde Waldwiese, ›die Freude und der Schmerz entspringen in unserer Brust der gleichen Quelle, und wenn die Gründe der Tiefen erschlossen worden sind, so strömen die Bäche des Leids wie der Freude ohne unseren Willen oft gleicherweise hervor. Aber wie tausendmal schöner ist es so, als wenn das Leben an den Türen des Herzens vorübergeht, ohne sie erschlossen zu haben. Ach, Traule, ich liebe mein Leben sehr, seit ich dich liebhabe; ich habe alles Vergangene vergessen, und mit dir ist jede Zukunft leicht zu ertragen.‹

›Ich bleibe immer bei dir‹, antwortete Traule, ›bis an mein Lebensende.‹ –

Da geschah eines Abends das Schreckliche, das den ganzen Wald mit Entsetzen und Trauer füllte; es trug sich auf unserer Wiese zu, dort, wo ihr nun blüht, nah am Ufer. Der junge Herr war früher als gewöhnlich gekommen, sein Pferd graste weiter unten am Bach, hinter Büschen; es wollte ein Ungewitter heraufziehen, am Himmel stand eine Wolkenwand und schob sich langsam über das Land empor, von der Abendsonne beschienen. Die Vögel sangen noch, aber der Sommer war schon nah.

Da Traule noch nicht kam, warf der Grafensohn sich ins Gras nieder, trank aus der hohlen Hand Wasser und blieb endlich still auf dem Boden liegen, die großen Augen weit und glücklich gegen das Himmelslicht geöffnet. Sein helles Lockenhaar ringelte sich wie in kleinen Goldbächen ins Rasengrün, und in einem seligen Traum seiner Erwartung, fern allem Bösen der Welt, lauschte er auf Traules Tritt im Laub.

Aber plötzlich schreckte ein ganz anderes Geräusch ihn empor, ein Rascheln und Zweigeknacken im Gebüsch erscholl, und ein zorniges Brummen mischte sich hinein. Es war, als wäre plötzlich ein Sturm des Bösen im friedlichen Gehölz ausgebrochen, und es nahte rasch heran, mit schwerem Tappen. Als der Jüngling erschrocken emporsprang und nach seinem Degen griff, den er neben sich ins Gras geworfen hatte, teilten sich schon vor ihm die Zweige über dem Boden und spien den dunklen Kloß eines gewaltigen Bären aus, der sich auf seine Hinterbeine aufrichtete und mit lautem Gebrüll auf den zu Tode erschrockenen Menschen zustürmte.

Aus dem weit geöffneten Rachen des Raubtiers blitzten die großen Zähne, und sein dampfender Odem quoll mit dem Brüllen hervor, wie Rauch eine heulende Flamme begleitet. Er hielt seine Vorderbeine mit den mächtigen Pranken zu einer schrecklichen Umarmung weit geöffnet – es war ein altes, verbittertes Tier, das durch irgendein Ereignis in Zorn geraten sein mußte und nun den unschuldigen Menschen zum Ziel seines Grimms machte.

Was half dem armen Bedrohten sein zierlicher Degen und sein mutiges Herz? Er war aufgesprungen, hatte seine Waffe ergriffen und erwartete nun, totenbleich, aber gefaßt und standhaft, den Ansturm des wilden Tiers. Er zielte mit der Spitze des Degens mitten in den blutigroten, weit geöffneten Rachen und stieß, als das Ungeheuer ihn nahezu erreicht hatte, mit edlem Geschick und der ganzen Kraft seines Armes zu – aber ein unvermuteter, rascher und wilder Tatzenhieb traf die Waffe, bevor die feine Spitze einzudringen vermochte, und warf sie mühelos zur Seite, als wäre sie ein ungefährliches Spielzeug.

Ich will euch den kurzen, furchtbaren Kampf nicht schildern, der nun folgte und in welchem der junge Mann der Kraft des Raubtiers erlag. Wohl eine Stunde später kam Traule singend den gewohnten Waldpfad entlang, ahnungslos; die Vögel sangen auch in der Abendsonne, die ihr rotes Licht so friedlich auf die Stämme der Waldwiese legte, als gäbe es kein Ungemach, kein Todesringen auf der Welt.

Traule fand den Freund ihres Lebens tot am Bach. Sein Lockenhaar ringelte sich wie in kleinen Goldbächen in das zerstampfte Rasengrün; er lag mit weit ausgebreiteten Armen, die Augen geöffnet, als lauschte er immer noch wie zuvor auf Traules Tritt im Laub. Denn der Bär hatte von ihm abgelassen, nachdem er ihn in seiner mächtigen Umarmung erdrückt hatte; sein Grimm schien verrauscht, als sein Opfer sich nicht mehr zur Wehr setzte und ins Gras sank. Er war brummend und fast wie beschämt ins Dickicht getrottet, vielleicht ahnte er in seinem Sinn die wilde Treibjagd, die bald darauf vom Schlosse aus beginnen sollte, um den Tod des jungen Herrn an ihm zu rächen.

Jedoch in der Brust des Jünglings, nahe dem Herzen, hatte ein Tatzenhieb des Bären das Blut zum Fließen gebracht, und es rann noch immer in einem feinen roten Bächlein aus der zerstörten Brust in die Blumen, als Traule kam.

Die Abendsonne war nun im Heiderot versunken, hinter den Kornfeldern, und der Wald wurde dunkel. Traules schwere Nacht begann. Ich habe alle Stunden hindurch gewacht, ich sah den Mond kommen und sinken, und der Gang der Sterne segnete uns, aber ich habe nicht einen Klagelaut unter meinen Zweigen vernommen, kein Geschrei und kein Seufzen. Es war so still über den großen Schmerzen am Grund, daß mich Ehrfurcht befiel vor ihrer Allmacht. Einmal war mir, als sähe ich ein Leuchten – ich weiß nicht. Ich klagte im Nachtwind um Traule, denn ihrem Geliebten war wohl, er schlief den Schlaf der Erlösten, aber sie mußte leben. Die Pflanzen und die Tiere klagten um das verlorene Liebesglück der Menschen, und es ging eine Angst durch diese bange Nacht über die dunkle Erde, die ihren Mund aufgetan hatte, um das Blut des Menschen zu trinken.

Traule lag über dem Toten, so erstarrt vom Gram ihrer Seele, als sei auch sie gestorben; sie bedeckte den Körper, den sie liebte, mit dem ihren, und ihre kleinen braunen Waldhände hielten zur Rechten und Linken sein Gesicht.

Mit dem Morgenwind hallte der stürmische Ruf einer Trompete durch die Dämmerung. Eine zweite fiel aus anderer Ferne ein, und ihr wildes, angstvolles Mahnen weckte den Wald. Sie suchten den Grafensohn. Sein Pferd war nachts ohne den Reiter in den Schloßhof getrabt, da erkannten sie, daß ein Unglück geschehen sein mußte.

Bald mischte sich das Bellen von Hunden in den Hörnerklang, und da wußte ich, daß sie den Toten finden würden, denn ein Hund ruht nicht, bis er die Spur seines Herrn aufgenommen hat, und findet ihn immer.

Ich rauschte im Frühwind und warf meinen Tau auf Traule, denn mir war, als dürften die rauhen Männer sie nicht in ihrem Schmerz finden. Und das Mädchen, das mich liebhatte, verstand die Warnung meiner Stimme und erhob sich langsam und lauschte in die feuchte Dämmerung hinaus.

Wie erschrak ich da über ihr Angesicht! Es war blaß wie das des Toten, und der Geist einer Trauer ohne Ende brannte wie ein heiliges Feuer in ihren großen Augen, die noch keine Tränen gekühlt hatten. Aber sie war eigen gefaßt, beinahe still, drückte die Augen des Toten zu und küßte ihn zum Abschied auf den Mund. Dann lauschte sie noch einmal hinaus, ob die Menschen kämen, und wandte sich ab, um vor ihnen in den Wald zu flüchten. Es war ein seltsames Mädchen, Traule, nach der unser Bach benannt worden ist; sie war anders als alle Mädchen, die ich kennengelernt habe, aber an sie muß ich am meisten denken.

Bald darauf kamen die Reiter und die Fußleute mit Hunden und Waffen durch das Dickicht und fanden ihren toten Herrn am Bach. Zuerst vernahm ich die klagende Stimme eines heulenden Hundes, dann mischte sich ein gellender Notschrei des Schreckens hinein, und bald war der morgendliche stille Wald von Jammer- und Zornrufen der Menschen erfüllt.

Als es still geworden war und die Vögel wieder ihre Lieder anstimmten, machten die Männer aus Ästen, die sie aus meiner Krone brachen, eine Tragbahre, legten den Leichnam auf die Blätter und trugen ihn davon, in einem dunklen Trauerzug, in dem sie gebeugt und weinend dahinschritten. Aus der Ferne hörte ich noch einmal die Stimme der Trompete über die Felder hin durch das Tal erklingen. Ihr Goldklang wiegte sich dahin in unbeschreiblicher Traurigkeit; ich dachte an den Sturm im Herbst und erzitterte. Nun hatten sie auf dem Schloß die Kunde vernommen, daß der junge Herr hatte sterben müssen.

Ich dachte an Traule, das Kind, und wußte, daß sie wieder an die Stätte zurückkehren würde, an welcher ihr Freund den Tod erlitten hatte. Tag für Tag kam sie um die Stunde der Dämmerung zu mir, lehnte sich an meinen Stamm und weinte. Sie sagte mir alles, was ihr Herz wund machte, denn sie verstand meine Antworten nicht, sondern nur meinen Willen, alles zu heilen, den die Natur an uns bewährt und unter dem ich von Jugend an gewachsen war und geblüht hatte. Meine Blüten waren nun aufgebrochen, und die Völker der Bienen brausten in der warmen Sonne um meine Krone.

Traule lag nachts unter meinen Zweigen auf der kleinen Wiese, am Boden, allein. Was hätte ich nicht getan, um ihr Leid zu lindern – aber ich konnte es nicht, obgleich ich fühlte, daß das Mädchen nur bei mir sein wollte. Ihr Angesicht war schmal geworden, und ihre großen Augen leuchteten zuviel in unirdischem Schein; mir war angst und weh um Traule. Einmal hörte ich sie leise des Nachts singen, Sterne schienen, und der Bach zog im weißlichen Dämmerlicht dahin, kühl in seiner gelinden Eile. Traule aber sang:

>›Nimm mir nicht den Schmerz,
> den laß mich haben.
> Gib meinem Herzen mehr
> deiner himmlischen Gaben.‹

Immer wieder hält es mich davon ab, in der Erzählung von Traules Geschick fortzufahren, weil ich euch vom Menschen selbst so vielerlei sagen möchte, denn ihr kennt ihn noch nicht, ihr Lieben, meine Blumen. Ich fragte mich oft: Kann so das Herz des Menschen beschaffen sein, daß es seine Schmerzen haben will und nichts sonst; daß sie ein Eigentum werden können, dem kein Besitz auf Erden an Wert zu vergleichen ist, und das Gebet eines Menschen zu Gott so lauten kann wie Traules Lied? Ich weiß es nicht, aber ich habe es erfahren und sage es euch; mögt ihr es lieben und glauben nach eurem Wert.

Wer lange gelebt hat, lernt auch den Tod besser erkennen als die, welche ihn früh erleiden, und so ahnte ich sein Nahen, wenn ich Traules Züge sah. Ich kann sie euch nicht beschreiben – es lag um ihre Wangen und Stirn der Glanz der himmlischen Ungeduld, von der ich euch erzählt habe; ihr blasses Leuchten ist schöner als alle Tugend, es sinkt aus der Höhe und lockt den Gang der Engel nieder in das Tal der Welt.

So kam es, daß eines Nachts, zur Zeit, als schon die letzten Sommerblumen verwelkt waren, ein Engel vom Himmel niederstieg und vor Traule hintrat. Das Mädchen erschrak nicht, sondern lächelte ihm auf ihre eigene Art entgegen, die ich innig liebte und nie vergesse. Der Engel sagte zu ihr: ›Ich bin vom Himmel gekommen, um dir deine Schmerzen zu nehmen; du sollst von ihnen erlöst sein, denn du hast sie ohne Bitterkeit wie ein heiliges Gut getragen.‹

Da sah Traute den hellen Engel an, schüttelte den blassen Kopf mit den feuchten Haaren, die der Tau der Nacht benetzt hatte, und indem ein Beben durch ihr gebrechliches Körperchen ging, sagte sie zu ihm:

›Nimm mir nicht den Schmerz,
den laß mich haben.
Gib meinem Herzen mehr
deiner himmlischen Gaben.‹

Da erschien es mir, als ob der Engel erschrak; aber seine Verwunderung war von Freude verklärt, als sei ihm ein großes Wunder widerfahren, da er in Traules Herz Gottes unvergängliche Liebe wiederfand, als hätten niemals die Finsternis des Bösen oder die Armut sie geschmälert, und er verwandelte die Schmerzen Traules in zwei große Flügel, die bis auf den Erdboden niedersanken und ihr Haupt überragten. Von ihrem Glänzen wurde der Wald umher hell, es brach bis hoch empor in die Blätter meiner Krone. Der Engel und Traute flogen miteinander empor in den Morgenwind und verschwanden im Hellen unter den letzten Sternen.

Schlaft ihr schon, ihr Blumen, meine Lieben? Dies ist Traules Geschichte; bewahrt sie eurem Gemüt, und Traules Herzensgut sei auch euer Frieden.«

Dreizehntes Kapitel

Der Maikäfer

er Elf flog auf den grünen Wipfel der Linde, der sich im warmen Wind des schönen Tages sanft schaukelte, und seine Augen durchschweiften das weite Land bis an die Hügel hinüber, die den Horizont säumten. Unter ihm sangen die Vögel, und die Krone der Linde erbrauste von den Völkern der Bienen, ein erklingender grüner Lebensdom, in warmer Freiheit.

Er schloß seine Augen, von Sommerseligkeit überwunden, und breitete im Wiegen seine Arme aus, als ließe die schimmernde Welt sich umarmen. »Was soll ich tun?« flüsterte er. »Was soll ich tun? Ach, ich bin sicher des Glücks nicht wert, das mir geschieht, in meiner Seele ist nicht Raum für die Fülle der Wohltaten, die mir zufallen.«

Ach, das Lächeln des Elfen möchte ich schildern können! Es war kaum zu sehen, ihr Lieben – wie sollen die freie Kinderherrlichkeit der Freude und die heimatlose Wehmut irdischen Geschicks in ein armes Wort gebracht werden? Wenn man sein helles Angesicht in diesem Leuchten sah, so mußte man unbedingt glauben, daß Gott es mit seinen Geschöpfen unendlich gut meint, es ging nicht anders.

Als das himmlische Kind nach einer Weile seine Augen aufs neue aufschlug, da war ihm, als sei die Erde mit ihren fernen Hügeln in der Runde ein grüner Kelch und der strahlende Himmel eine große blaue Blume. Das Bild von Glanz und Stille verwandelte sein Herz auf wunderbare Art, und ihm war zumute, als wäre er einst in seiner tiefsten Jugend so hell gebettet und so wohl geboren wie nun. Es ist das Glück, das Glück, dachte er zitternd; überall schafft es die Heimat. Und er erhob seine Stimme in der strahlenden Erdenblume seines Traumes, wandte sich an die himmlische Sonne und sang:

»Schließ mich wieder ein in deine Freude,
deine Anmut, deinen hellen Sinn,
daß ich mich in deinem Glück bescheide
und empfinde, daß ich glücklich bin;

Daß ich selig deine Kräfte schaue
und des Herzens Trauer wie ein Lied,
deiner Stille, deinem Licht vertraue,
deinem Glanz im fröhlichen Gemüt.

Keine Liebe hat mich überwunden,
so wie deine es am Morgen tut.
Sieh mich offen und zu dir gefunden,
und mach meine Seele hell und gut.«

Kaum war das Lied im grünen Glänzen verklungen, da rief jemand dicht neben dem Elfen: »Ausgezeichnet! Famos! Sie haben eine Stimme, die sich hören lassen kann, mein Lieber! Sind Sie ein Engel?«

Der Elf mußte lachen, er konnte nicht anders. Dicht neben ihm saß auf einem Blatt ein Maikäfer und sah ihn mit großen Augen vergnügt an.

Aber als er nun den Elfen lachen hörte, klappte er die Fächer seiner braunen Fühler zusammen und runzelte die Stirn. »Warum lachen Sie?« fragte er ernst.

Der Elf grüßte ihn freundlich. »Ich war sehr überrascht«, sagte er; »deine Frage klang so ganz anders als mein Lied. Entschuldige nur, ich meinte es nicht böse.«

»Erwarten Sie, daß ich meine Frage singe, statt sie zu sprechen?« fragte der Käfer. »Aber wahrscheinlich haben Sie gelacht, weil ich immer noch da bin.«

»Du bist ja eben erst angekommen.«

»Nein, ich meine überhaupt. Blühen nicht schon die Linden? Um diese Zeit ist ein anständiger Maikäfer längst in der Erde, legt Eier oder ruht sich aus, je nachdem. Aber ich habe meinen guten Grund, noch zu zögern. Wollen Sie wissen, warum ich trotz der Hitze noch da bin?«

»O doch«, sagte der Elf, »das ist sicher interessant zu erfahren.«

»Gewiß, also hören Sie: Man hat mir dort unten auf der Waldwiese gesagt, es halte sich hier in der Gegend ein Blumenelf auf, und ich möchte ihn kennenlernen. Erstens kommt unsereins nur alle vier Jahre auf die Erdoberfläche, und wie lange ein Elf braucht, ehe er wiederkommt, ist unbekannt. Eine solche Gelegenheit läßt man sich doch nicht entgehen, verstehen Sie?«

»Doch, doch«, sagte der Elf und lächelte. »Was versprichst du dir denn von dieser Bekanntschaft?«

»Das fragt sich noch«, meinte der Maikäfer, »ich muß erst sehen. Von den Elfen wird so viel erzählt, daß man kaum recht weiß, wo einem der Kopf steht. Ich bin für gesicherte Anschauungen und möchte Klarheit haben. Das wunderbarste an diesen Geschöpfen ist, daß sie sich mit aller Kreatur unterhalten können, mit Blumen, Insekten, vierfüßigen Tieren und sogar mit dem Menschen. Sie wissen doch, daß wir Maikäfer mit dem Menschen viel verkehren?«

»Ich kann es mir denken«, meinte der Elf.

»Nun, Sie als Engel müssen es sich ja denken können.«

»Ich bin kein Engel«, sagte der Elf.

»Nun, was sollen Sie denn sonst sein? Ich war übrigens anfangs sehr erstaunt, als ich Sie sah, und habe mich lange gewundert; Sie sind ja geradezu lieblich! Aber Sie machen sich keine Vorstellung davon, an was alles ein Maikäfer sich gewöhnt. Haben Sie eine Ahnung! Man muß den Menschen kennen, um zu wissen, was möglich ist. Himmel und Wolkenbruch, unsereins hat unter Umständen etwas auszustehen! Es ist in der Hauptsache eine Folge unserer Beliebtheit!«

Der Elf mußte wieder lachen. Was gibt es für Gesellen, dachte er, und sein Herz war froh. Er war freundlich gegen den Käfer und hörte ihn an. Vielleicht kann ich etwas für ihn tun, dachte er, das wäre mir heute morgen besonders recht, wo doch alles umher in fröhlicher Fülle steht.

»Ja, der Mensch«, seufzte der Maikäfer, »fängt einen aus der Luft mit der Hand; glauben Sie das?«

Der Elf nickte und verbarg sein Lachen.

»Man kann nachher sehen, wie man seine Flügel wieder in Ordnung bekommt, die vier. Ich habe nämlich vier Flügel, Sie wissen doch, nicht wahr? Sie haben, scheint mir, nur zwei, dafür sind sie aber weiß. Schöne Flügel übrigens, und sehr apart im Format.

Nun, ich sprach vom Menschen. Er ist im Grunde gutmütig – ich werde nicht dulden, daß falsche Gerüchte über ihn verbreitet werden –, es fehlt ihm nur an jeglichem Zartgefühl; merkwürdig ist bei ihm seine Vorliebe für unser Volk. Kommt der Mai, so verläßt er seine Behausungen, um uns zu finden, er schüttelt die Bäume und schaut nachher am Boden nach, ob wir heruntergefallen sind. Rührend ist sein Bemühen, später etwas mit uns anzufangen, es ist ihm aber noch nie gelungen. Er läßt uns in seiner Behausung fliegen und fängt uns wieder ein. Wozu wohl, glauben Sie, fängt er uns wieder ein? Bei Gott, nur um uns wieder auffliegen zu lassen! Er hört zu, wie wir summen, lacht und fängt uns wieder.

Zuweilen läßt er uns auf einen anderen Menschen los, seltsam. Dieser andere Mensch weiß es nicht, er steht und spricht arglos von irgendeiner Sache; weiß Gott wovon, die Menschen haben ja ungemein viele Interessen. Wir laufen an dem Menschen in die Höhe, was bleibt uns übrig? Es wird Ihnen bekannt sein, daß man von erhöhten Punkten am besten abfliegen kann, und das will man doch, wozu sollte man auf einem fremden Menschen sitzen bleiben? Nun kommt eine Stelle am Menschen; weiß der Kuckuck, was mit dieser Stelle los ist, aber kaum hat man sie im Klettern berührt, da brüllt der Mensch auch schon auf und schlägt um sich. Einige springen sogar. Wenn unsereins diese Stelle wüßte, mein Lieber, er würde sie natürlich vermeiden, aber woher soll man wissen, wo diese Stelle ist?«

Der Elf lachte hell auf, es ging ein solcher Frohsinn von seinem Lachen aus, solch frohe Heiterkeit, daß der Maikäfer mit einstimmen mußte.

»Nun ja«, sagte er endlich, »jetzt lacht man darüber, aber in solchen Lagen, wie ich sie eben geschildert habe, ist einem anders zumute. Man kann erschlagen werden, mein Lieber.«

»Was du da vom Menschen erzählst«, sagte der Elf nach einer Weile, »bezeichnet ihn nicht. Ich glaube, wenn die Menschen fröhlich und sorglos sind, so brechen heimlich die Glücksquellen ihrer Jugend in ihrer Brust auf, und sie werden wieder wie Kinder. Die Erfahrungen, die du oder deine Gefährten gemacht haben, sind nur ein argloses Spiel der Menschen.«

»Ich danke«, sagte der Maikäfer; »ein argloses Spiel, bei dem ich unter Umständen einen Flügel einbüßen kann, bei dem es möglich ist, daß ich plattgeschlagen werde wie eine Wanze, oder das mich im schlimmsten Fall mein Leben kostet, sehe ich anders an als Sie.«

»Wenn du sonst am Menschen nichts siehst, sonst nichts von ihm weißt, so wirst du ihm dies freilich schwer verzeihen«, meinte der Elf.

»Der Mensch soll aus der Luft greifen, was er will«, entgegnete der Maikäfer, »aber nicht mich.«

Der Elf lachte. »Du mußt nicht glauben, mein Lieber, daß ich den Menschen ohne Grund in Schutz nehme; ich kenne ihn gut und liebe ihn sehr.«

»Nun ja, Sie als Engel ...«

»Ich bin kein Engel, mein Lieber.«

»Nun, was sollen Sie denn sonst sein? Fragen Sie übrigens, wohin Sie kommen und wen Sie wollen – überall werden Sie Klagen über den Menschen hören. Gehen Sie zu den Vögeln, den Fischen, den Waldtieren oder den Ameisen – nirgends werden Sie das Lob der Menschen vernehmen. Oft ist mir, als ginge es wie ein Seufzen durch die Kreatur, aber das werden Sie wahrscheinlich nicht verstehen. Ich bin viel nachdenklicher, als Sie glauben.«

»Doch«, sagte der Elf, »ich verstehe dich, und du hast ganz recht, aber nicht der Mensch ist schuld daran. In jenes Seufzen, das du zu hören glaubst, in die Angst und in den Schmerz der Kreaturen dringt auch seine Klage, denn er ist wie ihr alle den irdischen Geschicken unterstellt und hat gegen Bedrängnisse, Elend und Tod nicht mehr Mittel als ihr. Er erwacht zum zeitlichen Leben, freut sich der himmlischen Sonne, Lachen und Weinen wiegen seine Seele wie Tag und Nacht seinen Leib, und einst kehrt er zurück ins Dunkel der Erde, der Mutter, wie ihr alle.«

»Aber etwas muß den Menschen doch von allen anderen Geschöpfen unterscheiden, mein Lieber, wenn denn schon einmal wahr sein soll, daß er nicht schuld an unserem Unglück ist. Ich will es Ihnen glauben. Daß er sterben muß, weiß man ja, das ist bekannt, und wenn die Hauptsache stimmt, dann wird wohl auch das andere richtig sein. Sehen Sie, deshalb hätte ich so gern den Elfen getroffen, der vieles wissen soll, ich würde ihn gefragt haben: Was unterscheidet den Menschen von allen Geschöpfen?«

»Ich will es dir sagen«, antwortete der Elf. Er sah bewegt in die Weite, denn er hörte ein leises Rauschen in der Linde und dachte an Traule.

»Sie? Nein, mein Lieber«, entgegnete der Käfer, »Sie als Engel sind parteiisch. Es ist doch bekannt, daß sich die Engel der Menschen annehmen, daß sie gut von ihnen denken und das Beste mit ihnen im Sinn haben.«

»Glaubst du nicht, daß solche Leute, die das Beste im Sinn haben, die Wahrheit eher wissen als andere?«

»Also sind Sie doch ein Engel!« rief der Maikäfer triumphierend, und der Elf lachte.

»Ich bin es nicht«, sagte er, »aber ich will dir nun verraten, wer ich bin; ich hätte es schon getan, wenn du mir Gelegenheit dazu gelassen hättest. Ich bin der Elf, den du suchst.«

»Nein, so was!« rief der Käfer. Erschaute den Elfen an, und seine Augen glänzten. »Ach nein«, sagte er ganz still, »so ist es mir doch passiert, was ich wollte. Wie schön ist das.« Er besann sich und atmete auf: »Hoffentlich nehmen Sie mir die Verwechslung nicht übel«, sagte er schüchtern. Und nach einer Weile des Schauens fuhr er fort: »Nun liegt es ja auch anders mit meiner Frage. Wenn Sie also so freundlich sein wollen und mir antworten?«

»Ich will es tun, so gut ich kann«, sagte der Elf, »aber du kannst ruhig du zu mir sagen.«

»Ich werde es versuchen«, antwortete der Käfer.

Ein paar Bienen kamen in ihre Nähe und grüßten.

»Ein Elf, ein Blumenelf!« riefen sie.

Unten schaukelten sich Schmetterlinge über dem Korn, und hoch im Blauen zog ein großer Raubvogel seine stillen Kreise. Nirgends war ein Wölkchen zu sehen, es war ein unbeschreiblich schöner Tag. Klingen und Jubeln füllte die Luft, die von goldner Wärme flimmerte. »Schöner wird es nicht mehr im Jahr«, sagte der Elf. Es war, als schmiegte er sein helles Angesicht in das Glänzen, das ihn einhüllte, und er faltete die Hände, derweil der Wipfel des alten Baums, sein zartes Reis im Blauen, ihn wiegte.

»Sicher weißt du alles Schöne«, meinte der Maikäfer, der ganz entzückt war, je länger er den Elfen betrachtete, »so sprich mit mir vom Menschen. Es ist wahr, ich habe nicht eben Gutes von ihm gesagt, aber du wirst zugeben, er hat auch seine schlimmen Seiten, dieser Große mit den aufrechten Schultern und dem weißen Angesicht. Wir fürchten ihn, verstehst du das nicht? Nicht alle nehmen ihr Geschick mit soviel Humor wie ich.«

Der Elf schien nicht recht zugehört zu haben; mitten aus seinem Sinnen heraus unterbrach er seinen braunen Nachbarn: »Was den Menschen unterscheidet von allen anderen Wesen der Erde, hast du mich gefragt; darüber, Lieber, ist viel nachgesonnen worden. Manche haben es bestritten und geglaubt, er sei im Grunde wie jedes lebendige Geschöpf, nur vollkommener. Aber das ist nicht wahr, es kann nicht wahr sein, in alle Ewigkeit nicht. Was ihn hoch über alle Kreaturen stellt, ist seine Vernunft.«

»Was ist das?« fragte der Käfer.

»Es ist sein freier Wille, groß und gut zu sein.«

»Aber glaubst du denn wirklich, Elf, daß alle Menschen ihn haben?«

»Ich weiß es nicht«, antwortete nach einer Weile der Elf sinnend, »so genau kenne ich sie noch nicht, aber ich glaube, daß, wenn nur einmal ein Mensch es von ganzem Herzen und in Wahrheit gewesen ist, das ganze Geschlecht der Menschen damit entschuldigt wäre.«

»Ach, da sieh einer, wie du denkst!« rief der Maikäfer. »So könnte ja nach deiner Meinung ein Mensch dadurch, daß er aus freiem Willen groß und gut ist, wie du sagst, gleich eine ganze Reihe anderer Menschen von ihren Schandtaten freisprechen.«

»Ja«, sagte der Elf einfach, »so ist es. Du kannst ja nicht ahnen, du kleines Tier, welch eine unfaßbare Fülle von Glanz und Lebenswärme schon aus einem guten Herzen erstrahlen kann. Seine Wirkung ist nicht immer erkennbar wie die Erscheinungen, welche unsere Augen treffen, oder wie die Gegenstände, die unsere Hände berühren – aber sie ist wahr. Sieh, Lieber, das macht die Hoheit des

Menschen aus, seine Würde, und das unterscheidet ihn von allen Lebendigen der großen Schöpfung, daß er den freien Willen hat, das Gute zu tun. Das macht ihn Gott ähnlich.«

»Ach«, sagte der Maikäfer, »nun sprichst du von Gott. Ich weiß nichts von Gott.«

»Das ist auch nicht nötig«, antwortete der Elf und lächelte, »wenn Gott nur etwas von dir weiß.«

»Tut er das?« fragte das kleine Tier erstaunt.

Der Elf sah ihn ernst und liebreich an. »Bist du nicht einst glücklich und wohlbestellt zum Leben erwacht?« fragte er. »Fandest du nicht Tag für Tag alles, was du zu deiner Erhaltung brauchtest? Schien nicht die warme Sonne in deine frohen Stunden, und heilte die kühle Nacht im Schlaf nicht auch deine Sorgen? Schau den Schimmer deiner schönen, starken Flügel an, das Geschick deiner Glieder und den gesunden Wohlstand deiner Sinne. Ist nicht für alles liebevoll gesorgt, dessen du bedarfst, und du fragst mich, ob Gott deiner gedacht hat?«

Es war eine Weile still; der Käfer schaute sinnend in die Weite der hellen Welt, dann sagte er: »Du machst mein Herz so froh.«

Aus den Büschen unten am Bach klang der Gesang eines Waldvogels, von den Föhren wehte im linden Windhauch ein harziger Duft herüber – es war den Bäumen wohl in der warmen Sonne. Unermüdlich summten die Bienen in den Lindenblüten.

»Sieh nun«, sagte der Elf, »so gedenkt Gott aller seiner Geschöpfe, auch der verborgensten und kleinsten; es ist keines, dem er sich nicht zuneigt. Aber dadurch unterscheidet sich der Mensch von ihnen allen: Er kann sein Haupt auch zu Gott emporheben.«

»Ich bin doch wirklich ein glücklicher Kerl«, antwortete der Maikäfer. »Habe ich mir nicht gleich gesagt: Du mußt mit dem Elfen sprechen, davon werdet ihr beide etwas haben! Es ist auch ungemein angenehm für mich, daß ich in der Lage bin, dir Glauben schenken zu können. Ich glaube nämlich alles sofort, was mir gefällt.«

Die Augen des Elfen verirrten sich in heimatloser Seligkeit im Himmelsblau, und mit einem Lächeln, das ihn weit mit sich fortzutragen schien, sagte er: »Du seltsamer Geselle. Aber du und alle, die deiner Art sind, seid ohne Sorge …«

Es war, als habe er niemanden angeredet; seine Worte klangen voll Hoffnung, und es lag eine Verheißung in ihnen, als gäbe es in hellen Fernen ein Reich, freier und herrlicher als selbst die Vernunft.

Vierzehntes Kapitel

Das sterbende Kind

wischen hohen Ahornbäumen, nicht allzuweit von der Waldwiese entfernt, lag ein altes Bauernhaus mit niedrigem, großem Dach und kleinen Fenstern. Dort schimmerte um Mitternacht ein roter Lampenschein aus dem Fenster, und Uku, die Eule, die das winzige rote Lichtlein in der Ferne sah, machte sich auf und flog über die Felder dorthin.

Das Licht zog sie an und erfüllte sie zugleich mit Ingrimm. Es war nun einmal ihre Meinung, daß es in der Nacht dunkel zu sein hätte, nur der Schein des Mondes oder der Sterne war ihr lieb. Daß aber in den Behausungen der Menschen bisweilen diese stillen roten Feuer aufglommen, die ihr Licht auf die Blätter der Bäume warfen oder weit in das Land hinein, wie rötliche Wege, die durch die Luft führten, machte Ukus Blut vor Erbitterung pochen. Aber doch vermochte sie sich nicht abzuwenden, und besonders wenn die Nacht weiter und weiter dahinzog, und solch ein Lichtschein wollte nicht erlöschen, nahm ihre Unruhe überhand, und sie mußte hinzufliegen, fast gegen ihren Willen, um das Licht zu sehen.

So langte sie auch in dieser Nacht in den Ahornbäumen dicht vor dem erleuchteten Fenster an und schrie laut und klagend auf, und noch einmal und wieder, so daß alle Tiere, die des Nachts leben, erschrocken aufhorchten und mit dunklen Augen in die Nacht lauschten. Denn der Schrei der Eule in der Finsternis der schlafenden Bäume hat etwas unbeschreiblich Trauriges, und zugleich klingt er grimmig und erbost. Er scheucht die Gedanken der Wesen auf und jagt sie durch die Nacht, die traurigen zuerst, und läßt ein verzagtes Sinnen in den Gemütern zurück.

Aber Uku wußte hiervon nichts, sie erzürnte sich im Grunde nur über das Licht und versuchte wieder und wieder durch die kurzen, klagenden Rufe kundzutun, daß der Frieden der Nacht und ihre eigene Ruhe durch den roten Schimmer gestört würden; sie sah auch nicht in die Stube des Hauses hinein und wußte nicht, was drinnen vor sich ging und weshalb immer noch die Kerze brannte, obgleich

Mitternacht schon vorüber war.

Im Zimmer lag auf seinem Bett ein Kind und starb. Es war ein kleiner Knabe mit dunklem Haar und einem nicht eben schönen Gesicht; seine Haare waren rauh und vom Fieber feucht und die Züge seines Gesichtes bleich, wie auch seine Hände, die merkwürdig ruhelos über die Decke tasteten, als ob sie mit einem unsichtbaren Spielzeug umgingen. Der Knabe erfreute sich bei seinen Spielkameraden keiner Beliebtheit, weil er sich ihnen nicht anpassen konnte und verschlossen und schweigsam war.

Seine Mutter saß am Bett und schaute ihn unverwandt an. Eine Mutter will nicht wissen, ob ihr Kind schön oder unschön ist, sie liebt es so, wie es ihr gegeben worden ist, und fragt nur danach, ob es froh oder traurig ist, ob es ihm wohl ergeht oder ob es leidet, nicht aber nach seinem Wert; denn alles, was eine Mutter liebt, ist in ihren Augen so viel wert wie ihre Liebe, und es gibt nichts in der Welt, was wertvoller wäre als die Liebe einer Mutter. Und so bewegte das Gemüt der Frau, die am Bett ihres Sohnes saß, in dieser Nacht allein die Sorge, ob ihr Kind genesen würde oder ob es sterben müßte.

Da hörte sie die Eule in den Bäumen vor ihrem Fenster rufen, und ein furchtbarer Schreck durchfuhr sie, so daß sie, am ganzen Körper zitternd, aufsprang und ihre Hände auf ihr gequältes Herz preßte, das ohnehin vor Angst nicht mehr ein noch aus wußte. Die arme Frau ahnte nicht, daß draußen Uku nur das Kerzenlicht anschrie, sondern sie glaubte, was die Leute ihr erzählt hatten: daß ein kranker Mensch sterben müsse, wenn die Eule nachts vor seinem Fenster rufe. Das ist eine alte Sage, an die viele Menschen glauben. Sie ist dadurch entstanden, daß bei Kranken des Nachts Licht zu brennen pflegt, das die Nachtvögel anlockt. Aber die Eulen haben nichts mit der Verkündigung des Todes zu tun. Wenn die bedrängte Mutter in ihrer Not gewußt hätte, weshalb Uku in den Ahornbäumen schrie, so würde ihre Angst geringer gewesen sein; nun aber zitterte sie vor Schmerz und Entsetzen, denn sie glaubte, die Eule künde ihr den Tod ihres Kindes an.

Nach einer Weile hatte sich Uku mehr und mehr an den Lichtschein gewöhnt; er blendete sie nicht mehr, und sie beruhigte sich etwas. Da die Fenster geöffnet waren, erkannte sie nun die Mutter am Bett ihres sterbenden Kindes, allein in der Nacht und in dem großen dunklen Haus. Uku wurde deutlich, daß der Tod dort Einzug hielt; sie schwieg betroffen und schaute angstvoll hinab. Sie sah, daß das Kind sich im Fieber hin und her warf, und als es ärger und ärger wurde, klagte die hilflose Mutter laut und schrie zu Gott empor um Barmherzigkeit; denn sie hatte nur diesen einen Sohn und sonst auf der Welt nichts.

Da warf sich Uku in ihre lautlosen Flügel und flog auf die Waldwiese und weckte den Elfen.

»Elf«, sagte sie, »es stirbt ein kleiner Mensch. Kannst du nicht der Mutter helfen?«

Der Elf sah betrübt auf und schüttelte den Kopf. »Ich habe keine Macht über den Tod und darf nicht zu den Menschen sprechen«, sagte er. »Wenn das Kind sterben soll, so ist es in Gottes Rat beschlossen.«

Uku schwieg. Es war ihr wirklich nahegegangen, die Mutter vor Schmerzen in laute Klagen ausbrechen zu sehen. Sie dachte an die Zeit, in der sie selber noch um ihre Jungen in Angst und Liebesnot gewesen war, und verstand das Herzeleid der Mutter. Deshalb fragte sie jetzt noch einmal: »Kannst du keine Hilfe bringen, Elf? Du hast schon so viel getan, daß es uns oft erschienen ist, als vollbrächtest du Wunder der Liebe. Hilf dem kleinen Menschen! Er wirft sich auf seinem Lager hin und her, und der Tod wird ihm schwer, aber mir war so, als stürbe seine Mutter den Tod hundertmal für ihn.«

»Wenn ich dem Kinde mein Leben geben könnte, so würde ich es tun, aber ich kann es nicht«, beteuerte der Elf.

»So tröste die Mutter!« rief Uku. »Du bist gütig, und deine Worte sinken ins Herz wie ein Lied.«

Der Elf sah lange stumm vor sich hin, und seine Trauer nahm zu. Endlich sagte er ernst: »Eine Mutter kann niemand über den Verlust ihres Sohnes trösten, Uku. Eher ist es möglich, eine Welt aus ihren Sünden zu erlösen als eine Mutter aus dem Schmerz um ihren Sohn. Ein Jüngling kann ein Mädchen vergessen, das er liebgehabt hat; eine Schwester kann die Liebe zu ihrem Bruder verraten, und selbst ein Freund soll den Verlust eines Freundes verwinden können, aber den Schmerz einer Mutter um ihren Sohn heilt niemand. So ist es bei den Menschen bestellt.«

»So fliege mir zuliebe hinüber, Elf, und versuche es, ich bitte dich. Gehst du nicht in der Gestalt eines Engels einher, begleitet vom Licht? Warum sollte es das Herz einer Mutter nicht erleichtern, dich zu sehen, da du doch uns alle gesegnet hast? Erlöse sie von ihrem Gram; bedenke, auch dich verlangt danach, einmal erlöst zu werden.«

Da breitete der Elf seine Flügel aus und flog davon, und Uku atmete tief auf und dachte: Nun wird alles besser werden.

Als der Elf auf dem verlassenen Hof im nächtlichen Land ankam, war das Kind gestorben. Er flog ins Zimmer hinein und ließ sich zu Häupten des Bettes nieder, über das die Mutter sich in ihrem

Schmerz geworfen hatte. Sie bedeckte den erkalteten Körper ihres Kindes mit dem ihren und preßte ihr Angesicht auf das erloschene Augenpaar des toten Knaben. Die stille Nacht nahm ihre Klage auf; in dem kleinen, armen Raum, in dem sie wohnte, flackerte das Licht der erlöschenden Kerze an den weißen Wänden. Zuweilen hob sie ihr verhärmtes Gesicht, das von Leid entstellt war, und sah mit leeren Augen, die von keinen Tränen gekühlt wurden, in die Nacht hinaus. Nie hatte der Elf so viel Hoffnungslosigkeit und Anklage in den Augen eines irdischen Wesens gesehen; ihn kam ein Zittern an, und er brach in Schluchzen aus.

Da war es, als sein Schluchzen erklang, als lauschte die Mutter auf. Ein krampfhaftes Beben durchschüttelte ihren ganzen Körper, und während sie mit starren Augen auf dies leise Schluchzen lauschte, das von weit her zu kommen schien, brach es wie mit einer alten Erinnerung aus ihren heißen Augen hervor, glitzerte auf wie Nachttau und tropfte nieder, und eine wohltuende Erleichterung löste den brennenden Druck in ihrer Brust. Ihre Klage und ihr Geschrei verstummten, sie sank still in sich zusammen und weinte. Es war, als hätte eine alte Erdengnade Einzug in ihr Gemüt gehalten.

Der Elf wunderte sich und sann und sann. So hatte Uku recht behalten, aber er ahnte nicht, welche Wohltat er gebracht hatte; ihm war nur, als sei durch ein Wunder den Schmerzen der Mutter ein Ausweg erschaffen worden, die Bahn zum Himmel zu finden.

Ich kann nicht helfen, dachte er traurig, denn weil er ein Blumenelf war und kein sterblicher Mensch, so wußte er nicht, daß er den einzigen Trost gebracht hatte, den die Menschen in ihren größten Schmerzen annehmen können.

Fünfzehntes Kapitel

Der Fuchs

ines Tages kamen zwei Wildenten den Bach hinuntergeschwommen, ein vergnügtes Paar. Sie ließen sich treiben und machten sich hier und da am Schilf zu schaffen, wobei sie so lange gegen den Strom rudern mußten, um nicht fortgetrieben zu werden. Ihr Schnattern füllte die warme Luft; zu allem, was sie erlebten oder fanden, mußte eine Bemerkung gemacht werden. Das Schilf stand schon ziemlich hoch, es war recht heimlich an den Ufern, das treibende Wasser schimmerte grün, und vom Sonnenschein zitterten überall goldene Tellerchen und Lichtstreifen. Im Lindenschatten der Waldwiese war es über dem Wasser am schönsten; das Licht war dort geheimnisvoll gedämpft, und die Blätter des Baums spiegelten sich in der Flut, sie zitterten und flatterten im Wasser, als ob der Wind sie bewegte. Die Ente machte halt, suchte Grund für ihre breiten Schwimmfüße und blieb dicht am Ufer stehen.

»Ich werde hier einen Augenblick verweilen«, sagte sie zu ihrem Gatten und schüttelte sich.

Ihr Mann sah hinüber, nickte ihr zu, kam dann auch und stellte sich neben sie. »Darüber fällt es einem mal wieder ein«, sagte er in bester Laune, »was wir Enten alles können. Es gibt kein Tier, das soviel kann; man darf sie alle nacheinander durchdenken, es findet sich keines, das zugleich schwimmen und fliegen, auf dem Trockenen gehen und im Wasser sitzen kann. Denke an die Fische, meine Liebe«, fuhr er fort, »sie können schwimmen, das ist wahr, aber nur unten. Hast du einmal einen Fisch gesehen, der schwamm, während er den Kopf aus dem Wasser streckte?«

»Wenn du von Fischen sprichst«, antwortete die Ente, »so muß ich immer an die kleinen denken, die man essen kann, wenn es einem gelingt, sie zu fangen.«

Aber ihr Mann ließ sich nicht stören. »Du bist so sprunghaft in deinen Gedanken«, sagte er; »niemals kannst du bei einer Sache bleiben. Höre jetzt genau zu.«

»Du sprichst ja auch von verschiedenen Sachen«, antwortete seine Frau; »hast du nicht vom Schwimmen, Fliegen und Gehen zugleich gesprochen?«

»Ich habe von den Eigenschaften der Enten gesprochen, meine Liebe, und nicht vom Essen. Für dich haben, scheint es mir, nur Dinge Bedeutung, die man hinunterschlingen kann.«

»Ißt denn etwa du selber nichts?« fragte seine Frau und schüttelte ihren Schnabel, als ob sie den ganzen Kopf fortschleudern wollte. »Du hast einen Appetit, von dem man überall spricht, wo du bekannt geworden bist.«

»Aber natürlich, Liebe …«

»Nun siehst du? Was ist also?«

»Ach Gott …«, sagte der Enterich.

Sie waren schon lange zusammen, die beiden, und lebten eigentlich recht glücklich miteinander, das hätte niemand anders sagen können, aber ohne Zweifel war der Enterich eine Natur, die die Dinge gern beschaulich betrachtete. Er machte sich seine Gedanken über dies und das und sprach sie nachher auch aus, damit sie nicht umsonst gedacht worden waren. So kam es, daß er sich oft mit allerlei beschäftigte, was nicht unbedingt zu den praktischen Lebensfragen gehörte. Seine Frau dagegen hielt sich mehr an das, was man wirklich unter die Flügel oder in den Schnabel nehmen konnte. Das war ihm oft schmerzlich, gewiß, aber er hatte doch ein verständiges Einsehen dafür, daß man mit Gedanken allein keine Würmer aus dem Ufersumpf ziehen konnte und daß einem kein junger Frosch in den Schnabel schwamm, weil über diesem Schnabel ein gediegener Gedanke über das Leben entstanden war. Aber kleine Reibereien gab es natürlich doch; denn Leute, die oft und gern über das Leben nachdenken, halten meistens viel von ihren Gedanken und haben gern, wenn man sie anhört und auch etwas davon hält.

»Also Liebe«, fuhr er nun fort, »nun höre mir einmal zu. Ich habe nicht die Absicht gehabt, mit dir über das Essen zu streiten, sondern ich wollte dir einmal wieder so recht deutlich ins Bewußtsein bringen, was für ein gesegnetes Geschlecht im Grunde wir Enten sind. Das erhöht die Lebensfreude, meine Gute.«

»Ja, aber meinst du denn«, entgegnete die Ente, »daß wir Lebensfreude empfänden, wenn wir nichts zu essen hätten?«

»Himmel und Wolkenbruch«, rief der Enterich, »jetzt hältst du aber den Mund!«

»Ach du lieber Gott«, schluchzte die Ente, »nun wirst du grob und beschimpfst mich, während ich nur das Beste gewollt habe. Sag wenigstens nicht Mund, sondern Schnabel, wie es sich für eine anständige Ente gehört.«

»Wenn du ihn hältst, so will ich ihn nennen, wie er heißt, aber begreife endlich, was mir im Sinn liegt! Schon als ganz kleines Tier war ich so, daß ich längere Zeit über alles nachdenken mußte, was ich sah oder erlebte; wenn ich dir schildern könnte, wie tief mir alle Eindrücke gegangen sind! Das Schilf in der Sonne, die Flußfahrt durch den Kiefernwald oder der erste Flug über Land. Vom Tauchen schweige ich; ich dachte damals im durchsichtigen Wasser, kein Tier ist so glücklich wie eine junge Ente. Den Schnabel im Morast und die Beine gegen die Sonne – ach, Liebe ...«

Die Ente betrachtete ihren Gatten, wie er da stolz und fest im Uferwasser saß und wie die kleinen Bachwellen die herrlichen blauen Streifen seines Flügels bespülten; die Beine schimmerten rötlich durch die Flut, und der ungemein wohlwollende Ausdruck seines klugen Gesichts söhnte sie aus.

»Sprich nur weiter«, sagte sie freundlich, »es schadet ja nichts.«

»Es schadet nichts ...«, wiederholte der Enterich langsam, und dann schwieg er.

Aber mitten in seinem Groll kam ihm in den Sinn, daß seine Frau in diesem Frühjahr ihre Jungen gegen einen Habicht verteidigt hatte; sie, das kleine, schwache Tier ohne Krallen und mit einem stumpfen Schnabel, der nur zum Wühlen im Schlamm und bestenfalls zum Festhalten eines kleinen Fisches oder eines Wurms geeignet war. Sie war dem Raubvogel mit einem wilden Geschrei entgegengeflogen, das er noch niemals von ihr gehört hatte, und ihre Flügel peitschten die Luft, daß es sauste. Das Herz des Enterichs schlug, als er an diesen Augenblick dachte; die Jungen hatten Zeit gehabt, ins Schilf zu flüchten, und dann plötzlich, als alle in Sicherheit waren, war seine Frau so rasch im Wasser verschwunden, als hätte ein großer Hecht sie hinabgerissen. Später hatte sie rasch ihre Kleinen wiedergefunden, und sie waren ihnen erhalten geblieben, die acht.

»Nun gut«, sagte er, »ich werde also weitersprechen.«

Aber er kam nicht dazu, denn es geschah etwas sehr Merkwürdiges: Über ihnen wurde ein feines Klatschen hörbar, und eine helle Stimme rief: »Fliegt auf! Fliegt auf!«

Nun, das taten die beiden Enten sogleich mit lautem Geschrei und Flügelschlagen, so daß das Wasser aufspritzte und das Schilf rauschte. In der Natur warnen alle befreundeten Tiere einander durch Zurufe, und da die Enten die Stimme verstanden hatten, folgten sie sofort der Warnung. Sie wußten nicht, daß es der Elf gewesen war, der in die Hände geklatscht hatte, und noch weniger ahnten sie, weshalb er es getan und in welch entsetzlicher Gefahr sie geschwebt hatten. Denn kaum machten ihre Flügel den ersten wuchtigen Schlag, der sie emporriß, als durch das Schilf mit einem langen Satz der Fuchs aufsprang und ihnen enttäuscht und zornig nachschaute. Er hatte sie bis auf knapp drei Entenlängen bereits erreicht. Niemand kann leiser durch das Schilf schleichen als ein Fuchs, aber mit dem Elfen hatte er in keiner Weise gerechnet.

»Was fällt Ihnen ein?« rief er grimmig empor zu dem Ast, auf dem der Elf sich schaukelte und lachend zu ihm niedersah. »Glauben Sie, ich jage hier zu meinem Vergnügen? Wie kommen Sie dazu, sich in meine Angelegenheiten zu mischen?«

Wie böse er dreinschaute! Sein kluger Kopf mit der schmalen, langen Schnauze und den lebhaften, dunklen Augen sprühte geradezu von Kraft und Haß; die herrliche Farbe zeichnete sich klar vom grünen Untergrund des Schilfs ab, und die prächtigen hohen Ohren waren weit zurückgelegt, was ihm oft passierte, wenn er ärgerlich war. »Kommen Sie nur herunter, Sie weißes Federvieh, ich reiße Sie in Stücke, daß Sie auffliegen wie Pusteballen vom Löwenzahn. So was!«

Da schwang sich der Elf ins Schilf nieder und setzte sich gerade vor der Nase des Fuchses auf einen Halm, dicht vor die blitzenden weißen Zähne, die gefährlich aus den schmalen schwarzen Lippen hervorblitzten.

Der Fuchs prallte zurück. »Sie sind mir zu hell«, sagte er bestürzt, »sonst ... nun, Sie würden etwas erleben!«

Der Elf strich sein Haar zurück. Er hätte nie geglaubt, daß der Fuchs ein so schönes Tier sei. »Sei nicht mehr böse«, sagte er; »ich weiß selbst nicht, wie es über mich gekommen ist. Ich habe im Augenblick nur an die Enten gedacht, sie taten mir leid. Natürlich bist du im Recht, auch du willst leben.«

»Allerdings«, sagte der Fuchs befangen. Er starrte den Elfen an, als sähe er ein Wunder. »Wer sind Sie?« fragte er, und seine runden Augen unter der gerunzelten Stirn drückten in gleichem Maße Erstaunen wie Bewunderung aus. »Hell wie der Himmel, wie ein kleiner Mensch und zugleich ein geflügeltes Wesen sind Sie.« Er schüttelte den mächtigen Raubtierkopf, in dessen Rachen der Elf in einem Augenblick hätte verschwinden können. Aber seine Unbefangenheit und seine Schönheit beschwichtigten den Zorn des Fuchses völlig, wie Schönheit und Unbefangenheit in der Welt nun einmal die stärksten Waffen gegen das Böse sind. »Ich bin ein Elf. Denke dir, ich saß dort im Busch, als die Enten kamen, und hörte ihnen zu. Kannst du verstehen, daß ich Teilnahme für die Tiere fühlte, da ich ihnen doch längere Zeit gelauscht hatte? Es geht einem zuweilen so, und ich hätte sie nun nicht unter meinen Augen sterben sehen können.«

Der Fuchs hörte kaum zu, die Enten waren ihm völlig gleichgültig geworden. Als ob er nicht Enten fangen könnte, sooft er wollte – aber ein Elf saß vor ihm, ein Blumenelf! Er hatte bisher auf das bestimmteste geglaubt, Elfen kämen nur in alten Geschichten vor, in Märchen oder bestenfalls nachts im Mond über den Blumen, dann weiß man nie recht, was Wirklichkeit oder Traum ist, denn in seinem geisterhaften Licht werden alle Dinge geheimnisvoll. Aber nun saß dort in der hellen Sonne, im Grünen, leibhaftig ein Elf vor ihm; es war sicher einer, soviel wußte er auch. Was sollte denn dieses zarte Lichtwesen sonst sein? Die Geschöpfe des Waldes kannte man doch.

Was ihn aber am meisten in Erstaunen setzte, war die Tatsache, daß der Elf nicht im geringsten ihm mißtraute oder ihn fürchtete. Kannte er denn seinen Ruf nicht, alle die bösen Geschichten, die die Waldleute sich über ihn erzählten, über seine Tücke, seine Schlauheit und seine Raubgier? Kein Tier der Wälder war gefürchteter und gehaßter als er, und nun saß dieser kleine Himmelsbote vor ihm, als sei er seinesgleichen. So dachte sich der Fuchs: Es ist schon besser, ich zeige mich gleich so böse, wie ich bin, als ein schlauer Räuber und mächtiger Waldherr; später erfährt der Elf es ja doch, und ich erlebe, was ich so oft erlebt habe, daß er mir weder traut noch glaubt und sich enttäuscht von mir abwendet. Es ging ihm, wie es oft gescholtenen Leuten bisweilen ergehen kann – er hatte die Lust daran verloren, anders als böse zu erscheinen. Und so sagte er denn und knurrte mürrisch: »Ich bin der Fuchs; Reiner heiße ich, der Wald kennt mich.«

Der Elf ahnte die Gedanken seines neuen Bekannten nicht. Ganz hingerissen von Entzücken, trat er dicht an ihn heran und strich mit der Hand über das warme, weiche Fell, das in der Sonne glänzte und so sorgsam gepflegt war, daß auch nicht ein Härchen hervorstand. »Herrlich«, sagte er, »ganz herrlich!«

Er konnte sich nicht satt sehen an diesem wohlbestellten Körper, der schmal und zugleich kräftig war, geschmeidig und anmutig. Die hochstehenden spitzen Ohren waren außen von tiefstem Schwarz und innen weiß, ebenso war seine Brust von reinstem Weiß, und die schlanken Pfoten an den feinen Gelenken verrieten ihr Geschick sowohl zu leisem Tritt wie auch zu wuchtigem Sprung. Der breite, buschige Schwanz war sicher seine schönste Zierde; er lag rund im

Gras, an den Körper geschmiegt, und leuchtete geradezu in seiner roten Waldfarbe.

»Du bist der Mächtigste im Wald«, sagte er leise, fast als spräche er zu sich selbst; »niemand vermag dir zu widerstehen.«

Der Fuchs war sehr überrascht, daß ihm diese Tatsache nicht wie gewöhnlich zum Vorwurf gemacht wurde. »Es ist wahr«, sagte er und lächelte ein wenig überlegen, aber durchaus nicht böse. »Ich tue, was ich will, aber dadurch habe ich noch bei niemandem Gefallen erregt.«

»Jeder lebt auf seine Weise«, sagte der Elf nachdenklich. »Hast du keine Feinde, die du fürchtest?«

»Den Menschen«, antwortete der Fuchs; »sonst möchte ich wissen, wer es wagt, mir in den Weg zu treten.«

»Gestern sah ich einen Bussard«, erzählte der Elf. »Der große Raubvogel flog zwischen den Baumstämmen dahin, lautlos und gewichtig, und suchte den Boden ab. Wenn er nun dich fände, was würde geschehen?«

Der Fuchs lächelte. »Er würde sich besinnen, ehe er mir zu nahe käme«, sagte er, und in seinen Augen blitzte ein böses Licht auf; »aber im allgemeinen lassen wir einander unsere Wege, der Wald ist reich. Außerdem gibt es Taubenschläge, Enten- und Hühnerhöfe, Kaninchenställe und Gänse auf den Wiesen.« Er blinzelte dem Elfen zu, aus seinen Augenspalten kam ein schräger, verschlagener Blick.

Aber obgleich der Elf wußte, daß diese Tiere den Menschen gehörten und ihn der Blick des Fuchses bis ins Herz erschreckte, wuchs seine Bewunderung für das mächtige Waldtier, und ihn erfaßte ein heimlicher Schauer vor der Klarheit dieser kalten, schönen Augen. Gerade wie jetzt eben der Fuchs vor ihm stand, ein wenig zurückhaltend in der Neigung des Kopfes und das Licht auf dem geschmeidigen Nacken, während der eine zierliche Vorderfuß mit unbeschreiblicher Anmut in einen Winkel emporgezogen war, bot er ein Bild, das Wunder von Lebensfülle, Kraft und Schönheit ausstrahlte. Und der Elf mußte denken: O du herrlicher Wald! In deinem feuchten Schatten über dem sanften Moos oder im goldenen Licht unter deinen Zweigen, in deinem Dickicht und hoch über deinen grünen Kronen schwebt und wandelt und schweift es umher in ungezählten Formen der reichen Natur. Und er mußte an die Sonne denken, die alle diese lebendigen Wunder der Erde wärmte und entzückte, die sanften und die rauhen, die arglosen wie die blutgierigen, und sein Herz erzitterte aufs neue in überquellender Seligkeit, daß er mitten unter allen Geschöpfen weilen durfte, atmend und schauend, ihre Art erkennend, ihr Wesen begreifend und vom Dasein entzückt wie sie. Es erfaßte ihn jählings ein fremdartiges Heimweh, auch einst sterben zu dürfen wie sie, nur um ihnen in ihrem Geschick nah zu bleiben.

Der Fuchs betrachtete den Elfen aufmerksam und erstaunt. Nun ist es so bestellt, daß, wenn ein Herz von einer Freude erfüllt ist und ganz selbstvergessen in ihr erglüht, so strahlt sie aus den Kammern des Herzens hervor bis in die Züge des Gesichts, wie durch Glas, und füllt die Augen mit Licht. Es ist viel schwerer, eine Freude für sich zu behalten als einen Schmerz.

Was hat er nur? dachte der Fuchs. Ich zeigte ihm, wie gefährlich ich bin, und er wird immer beglückter. Das wunderte ihn, und er beschloß, den Elfen geradeheraus zu fragen, wie er über ihn dächte. »Mein Lieber«, sagte er zögernd, »weißt du eigentlich nicht, wie man im Wald über mich denkt?«

»Warum tötest du Tiere?«

Der Fuchs erschrak. Er wußte nicht, worauf der Elf hinauswollte, aber er merkte nun, daß er wohl über ihn und seine Eigenart unterrichtet war. »Um zu leben«, antwortete er.

»Tötest du niemals ohne Grund?«

»Nein«, sagte der Fuchs, »das wäre nicht klug. Ich nehme, was ich für mich und die Meinen zum Leben brauche.«

»Es gibt kein Geschöpf in der Welt, das es anders macht«, entgegnete der Elf, »deshalb laß es dir keine Sorge sein, wie andere über dich denken.«

Der Fuchs schaute seinen kleinen Nachbarn groß und ruhig an: »Ich habe niemals anders empfunden«, sagte er ernst, und der Ausdruck von Verschlagenheit war völlig aus seinem Geist verschwunden; »ich wünschte mir nur, alle dächten so wie du.«

Sie schritten miteinander den Bach entlang aufwärts. Die Nachmittagssonne schien durch die Kiefern durch einen feinen grauen Schleier, den sie golden färbte, so daß die Stämme wie in einem Traumland standen. Es war so kühl und still, daß die Augen sich nicht bewegen mochten, als müßte das friedliche Bild des Waldes sich so bunt in ihnen spiegeln, wie es in der Luft entstand. Die ersten Krähen zogen heim, man hörte ihre Stimme über sich in der Höhe.

»Einmal kommt eine Zeit«, sagte der Elf, »da werden alle Geschöpfe so übereinander denken. Sie wird wiederkommen. Es gibt eine uralte Sage der Menschen, nach welcher es einmal so gewesen ist.«

»Davon habe ich gehört«, sagte der Fuchs spöttisch, »da spielte die Ziege mit dem Löwen Verstecken, und die Wölfe fraßen Brombeeren. Ich danke.«

Der Elf lachte. »Es wird dich niemand überreden, Brombeeren zu essen«, antwortete er. »Gerade darin wird die Eintracht bestehen, daß jeder die Eigenart des anderen versteht.«

»Ich verstehe die Eigenart der Hasen sehr gut«, sagte der Fuchs und schielte zu seinem Begleiter hinüber; »wenn nur die Hasen auch meine verstehen wollten und sich fressen ließen, wäre alles gut.«

Wieder mußte der Elf lachen, aber die Freude, die aus seinem Lachen klang, hatte etwas seltsam Zuversichtliches, es schien nicht so, als ob die Antworten des Fuchses ihn an seinem Glauben irremachten. »Du bist schlau«, sagte er und schaute dem großen Gefährten in die wachen Augen. »Mit dir ist nicht leicht zu streiten, du siehst alle Dinge so, wie sie dir recht sind, und was dir nicht gefällt, das nennst du die Fehler der anderen. Aber ich habe doch recht, das letzte Ziel des Lebendigen ist eine große Harmonie, eine Freude ohne Ende.«

»Willst du darauf warten?« fragte der Fuchs. Aber er achtete nicht auf die Antwort; er wandte den Kopf blitzschnell zur Seite, denn es raschelte im Gebüsch. »Eine Maus«, sagte er leise und hob den Vorderfuß.

»Woher weißt du das?« fragte der Elf.

»Ich höre es«, antwortete der Fuchs einfach. Es schien, als wäre er auf seine scharfen Sinne nicht einmal besonders stolz. »Lassen wir sie«, meinte er und ging weiter. »Das muß eine schlechte Zeit sein, in der der Fuchs Mäuse frißt.«

»Siehst du«, sagte sein Gefährte leise.

»Was soll ich denn sehen?«

Der Elf antwortete: »Und viel später wird es eine Zeit geben, welche schlecht nennt, wenn nur ein Wesen noch das andere bedrängt. Immer höher und höher entwickelt die Natur ihre Geschöpfe – ist ihr nicht schon der Mensch gelungen?«

Der Fuchs blieb stehen. »Du hältst etwas vom Menschen, Elf?«

»Viel, sehr viel, am meisten.«

»Und glaubst du, der Mensch bedränge die lebendigen Wesen der Natur nicht?«

»Doch«, antwortete der Elf, »er tut es, aber es gibt Menschen, die leiden darunter, daß sie es tun, das ist schon viel näher dem großen Ziel. Du wirst mich nicht verstehen, aber glaube mir, die Erde ist noch sehr, sehr jung; wir können nur ahnen, wie herrlich ihr letztes Kleid sein wird. Wenn nicht einst alles vollkommen würde, so trügen wir nicht dies Verlangen danach im Herzen, das alle Kreatur umher bewegt. Die einen wissen es, die anderen ahnen es nur;

viele tun nicht einmal das, aber alle richten ihre Augen hinauf zum Licht.«

»Wenn du recht haben solltest«, entgegnete der Fuchs, »so kann ich mir aber kaum denken, daß es später noch Füchse und Enten gibt, Raubtiere und arglose Geschöpfe, die ihre Beute werden. Oder es kommt auf die Brombeeren heraus, und da tue ich, wie gesagt, nicht mit. Ich danke für ein Friedensreich, in dem ich den ganzen Tag darüber froh sein soll, daß ich keine jungen Hasen fresse.«

Der Elf lachte wieder ein seltsames Lachen, und der Fuchs dachte: Ein merkwürdiger Elf, er lacht über mich, und ich fühle mich doch nicht verletzt; er weiß es besser als ich und achtet mich doch hoch; er ist überlegen und doch wie ein Kind – ein merkwürdiger Elf. Aber er war neugierig geworden, und da ein Fuchs zu den klügsten Tieren gehört, die es gibt, wird es sich begreifen lassen, daß ihm viel daran lag, den Elfen zu verstehen. Es ist wahr, oft verletzt die Wahrheit, aber man kann die Wahrheit auch sagen, ohne zu kränken, denn die großen Wahrheiten verletzen nicht, sondern nur die kleinen Richtigkeiten.

»Es gibt viele Menschen«, fuhr der Elf fort, »die stellen sich den Himmel vor wie du. Sie denken sich, sie müßten in weißen Kleidern einhergehen und allerlei Gutes tun, das ihnen langweilig ist, und mit feierlichen Gesängen den lieben Gott loben, der auf einem Thron sitzt und sich an ihren schönen Stimmen freut. So ist das Friedensreich nicht, nach dem wir alle uns sehnen, wenn das Ungemach des irdischen Lebens uns bedrückt. Es ist immer mitten unter uns, denn wir sind alle auf dem gleichen Wege, die Menschen, du und die kleinen Gewächse, die du im Schreiten mit den Füßen berührst. Ich habe vorhin deine Gestalt bewundert, deine wohlbestellten Sinne, deinen klaren Blick und eben noch dein Geschick, nur aus einem Geräusch ein Tier zu erkennen. Sieh, dies herrliche Leben in dir wird sich einst zum Vollkommenen vollenden; was heute so klug Geringes erkennt, wird einst alles erkennen; was heute als Frohsinn in deinem warmen Blute pocht, wird einst als vergängliche Freude emporblühen, und indem du lebst in deiner Freiheit, lebt in dir die treibende Kraft zur ewigen Harmonie. Dein Wert ist dein Himmel, er ist unvergänglich; und sonst gehörst auch du dem Reich an, von welchem mein Herz träumt.«

»Das läßt sich hören«, sagte der Fuchs. »Woher weißt du das?«

Der Elf sah verwirrt auf. »Ich weiß so wenig«, sagte er schüchtern. »Ach, denke doch nicht, ich wüßte etwas Rechtes; ich muß so denken, weil ich alles Lebendige lieben muß, immer und immer spricht in mir meine Liebe ihre eine Wahrheit, und sie lautet: Alles wird einst gut sein, was heute schön ist.«

»Daß du alles gerade mir sagst, finde ich besonders freundlich«, meinte der Fuchs. Er sah auf und lauschte. »Entschuldige mich einen Augenblick«, bat er. »Siehst du dort drüben den bemoosten alten Baumstumpf? Der Ort ist mir schon lange verdächtig, aber ich komme nicht hinter sein Geheimnis. Gestatte, daß ich eben hinüberschaue; es liegt ein Geruch in der Luft, der mich erregt.«

Er trabte über das Moos unter die Stämme; man vernahm keinen Laut; selbst ein Schmetterling, der sich auf einer Brombeerblüte niedergelassen hatte, erhob sich nicht. Der Elf begleitete den Fuchs, wie eine wehende weiße Blüte glitt er durch den rötlichen Abendsonnenschein. Er sah, wie der Fuchs vorsichtig den Baumstumpf umschritt; der Ausdruck seines Gesichts war gespannt und besorgt, und plötzlich legte er beide Ohren zurück, und sein Körper nahm eine drohende Haltung an. Es schien nun nicht mehr so, als spürte er einer Beute nach, sondern als erwartete er einen Feind. Er wandte sich nach dem Elfen um, schien etwas sagen zu wollen, zögerte aber und schwieg. Seine schwarze Nase arbeitete ohne Unterbrechung, als sei sie ein kleines Wesen für sich; seine Augen funkelten hart und böse, und er schlich so tief am Boden dahin, daß er fast um die Hälfte kleiner erschien. Unter zwei gewaltigen Wurzelansätzen war der Eingang zu einer Höhle sichtbar, die durch den ausgehöhlten Stumpf tief in die Erde zu führen schien. Der Fuchs prüfte die beiden Ausgänge, die auf diese Art seitlich und nach oben hin entstanden, und schnupperte den Boden ab. Es war eine deutliche Fährte im Moos erkennbar, die ins Dickicht lief.

Nun horchte der Fuchs; er hielt den Kopf schräg und hob den Vorderfuß. Und dann schien es, als nähme eine heiße innere Erregtheit von ihm plötzlich alle Vorsicht; er schien den Elfen und jedes Ding um sich her vergessen zu haben, und aus dem halbgeöffneten Rachen, dessen Zähne hinter den hochgezogenen Lippen blitzten, kam ein wütendes Knurren, das einen solchen Haß, so viel Kampfesgier und Zorn verriet, daß der Elf bis ins Herz erzitterte. Es wird einen großen Kampf geben, dachte er bebend. Welch ein Tier mag dort hausen?

Noch als er in Zweifel und Sorge bedachte, ob er den Fuchs nicht bitten sollte, von seinem Vorhaben abzustehen, erklang aus dem Innern der Höhle eine feine, eindringliche Stimme von großer Schärfe; man hätte fast glauben können, daß eine wütende Katze fauchte, und der Elf verstand: »Geh weiter! Ich warne dich, oder du hast deinen letzten Gang gemacht!«

»Reiner«, rief der Elf laut, »komm, ich bitte dich!«

Aber der Fuchs hörte nicht; seine Augen funkelten, als hätte er

Feuer unter der Stirn, und sein Körper war in so hoher Anspannung, als zöge eine mächtige Hand einen Bogen bis zum Zerbrechen an. Trotzdem klang seine Stimme ruhig, als er antwortete: »Mit solchen Worten scheucht man Kaninchen, du Tor; du hast vor Angst den Verstand verloren. Komm heraus, wenn ich dich nicht in deinem Loch erwürgen soll wie eine Maus!«

Es blieb still. Der Fuchs stand so, daß er beide Ausgänge übersehen konnte. Diesen Augen und Ohren entging nichts. Der Elf empfand, daß kein Einspruch mehr nützen würde; hier war ein Haß entfesselt, der so alt war wie das Leben selbst, und solchen Gewalten der Natur gegenüber gibt es kein Hindernis, sie toben sich aus wie die Gewitter oder wie der Frühlingssturm, und wer nicht die Kraft hat, sein Leben im Kampf zu wahren, der muß es verlieren.

Gebannt von Entsetzen und Bewunderung sah er hinüber, und ohne daß er noch die Kraft besessen hätte, auch nur ein Wort über seine Lippen zu bringen, wurde er Zeuge des furchtbarsten Kampfes, den er jemals in seinem Leben gesehen hatte. Wohl war er nach allem Vorangegangenen auf einen Angriff gefaßt, auch ahnte er, daß er unversehens und plötzlich kommen würde, aber einen Überfall von solcher Wildheit, wie er nun jählings erfolgte, hatte er nicht für möglich gehalten.

Es schoß blitzschnell aus dem Dunkel der Höhle hervor wie ein fliegender Schatten, und nur an dem furchtbaren Anprall der beiden Körper erkannte er, daß dies heranstürmende Etwas ein Wesen von Fleisch und Blut war. Lange Zeit unterschied er nichts mehr als ein wild wogendes Knäuel, das sich ohne einen Laut, aber in unbeschreiblicher Erbitterung im Bodenlaub wälzte.

Erst als die beiden Tiere sich für eine Weile losließen, wie um Atem für ein erneutes Ringen zu schöpfen, sah er, daß es ein Marder war, den der Fuchs aufgestört und der ihn nun angefallen hatte.

Er sah kleiner und schmächtiger als der Fuchs aus, aber wie er jetzt dort im Laub hockte, an den Boden gedrückt, sprungbereit, mit dem kleinen, bösen Kopf, in dem die Reihen der entblößten Zähne wie kleine weiße Sägen blitzten, bot er das Bild eines unheimlichen und einschüchternden Gegners, dessen Gewandtheit und Kraft unberechenbar erschienen und dessen Raubsinn und Blutgier denen des Fuchses um nichts nachstanden, ja von noch größerer Tücke und Bosheit beherrscht sein mochten.

Wohl war der Fuchs größer, und sein Gebiß war mächtiger, wie auch seine Körperkraft größer war, aber er bekam neben diesem geduckten Grimm seines Gegners beinahe etwas Harmloses. Der Elf konnte kein Auge von dem Marder wenden; er verstand den brennenden Haß, der diese beiden Tiere in eine ewige Feindschaft trieb, und jeder Versuch zu einer Versöhnung wäre einem kindlichen Vorhaben gleichgekommen. »Einer von euch wird sterben«, stammelte er zitternd.

Der Fuchs stand unbeweglich, als wäre er aus Holz geschnitzt, nur seine Rückenhaare hatten sich gesträubt, und in seinen Augen funkelte ein Feuer, so inbrünstig von Wut entfacht, daß es unmöglich schien, hineinschauen zu können. Aber die Raubtierblicke des Marders hielten diesen Augen stand; den seinen, die wie zwei stille, gelbe Edelsteine unter der harten Stirn lagen, entging keine noch so kleine Regung des Gegners, ja es erschien, als errieten sie wie zwei geisterhafte Spiegel jeden Gedanken des anderen.

Dieser Augenblick der scheinbaren Ruhe war von höchster Spannung; es tat einem fast weh, in diesem Zustand der Erwartung verharren zu müssen, und man fühlte sein Blut in tausend kleinen Hämmern überall arbeiten.

Da, wie ein Pfeil, der aus dem Hinterhalt abgeschnellt wird, stieß plötzlich von unten her der Marder aufs neue zu, und diesem tückischen Angriff gegenüber erkannte der Elf zum erstenmal die Erfahrenheit und Klugheit des Fuchses in ihrem ganzen Umfang. Statt auf die jähe, angreifende Bewegung des Marders einzugehen, verharrte er bewegungslos, sich dessen bewußt, daß er seinen Gegner Rachen an Rachen nicht zu fürchten hatte und daß der Marder nur auf eine ungeschickte Wendung gehofft hatte, um die Kehle seines Feindes durchbeißen zu können.

Aber ehe der Elf einem neuen Vorgang mit den Augen folgen konnte, sah er die beiden Raubtiere sich in einem wildbewegten Knäuel am Boden wälzen. Es war nichts mehr deutlich zu unterscheiden; bald leuchtete das Rot des Fuchsfelles auf, bald sah er den hellen Brustflecken am dunklen Fell des Marders aufblinken, und schon glaubte er, der Fuchs habe die Oberhand gewonnen, als ein gräßliches, wildes Geschrei die Waldstille within zerriß. Schrie der Marder? Schrien beide Tiere? Diese Laute waren furchtbar anzuhören, Schmerzen, Wut und Todesangst gellten heraus und eine Lebensgier, die alles um sich her vergaß – den Wald, die Tiere, den Himmel und die Erde.

Da nahm der Elf zu seinem Schrecken wahr, daß es der Fuchs war, der schrie, und zugleich erkannte er, daß im Laub und im Moos rote und dunkle Flecken dort zurückblieben, wo das Knäuel der ringenden Körper sich vorübergewälzt hatte. War es möglich, daß der um so vieles kleinere Marder als Sieger aus diesem Kampf hervorgehen sollte? Nun erkannte er auch, daß sich der Marder im Hinterfuß des Fuchses verbissen hatte und daß kein Zerren, kein Schütteln und Schleifen ihn zu lösen vermochten. Keine noch so rasche Wendung half dem schwer behinderten Fuchs, immer war der Marder rascher im Entweichen, und sein Gebiß war wie eine Zange in das Fleisch des Fuchses geschlagen. Und nun ließ der Fuchs langsam in seinem Bemühen nach, er ermattete mehr und mehr, sein zorniges Schreien verstummte, und nach einer kleinen Weile sank er halb zu Boden. Der Elf hätte ihn verloren gegeben, wenn er nicht einen Blick aus den Augen des scheinbar durch seine Blutverluste so arg geschwächten Tiers aufgefangen hätte, einen raschen Blick, der aber auch nicht eine Spur von Ermattung oder Sterbensnot verriet, sondern eine Wachheit und Klarheit aller Sinne, als sei ihm nicht das kleinste Unheil widerfahren.

Aber der Marder ließ sich täuschen. Ihm schien der Augenblick gekommen, seinem verwundeten Feind die Kehle zu durchbeißen; er ließ das Bein des Fuchses fahren und stieß zu; der weit vorgestreckte Kopf mit dem offenen Rachen sah wie das Gifthaupt einer großen Schlange aus, so schlank und geschmeidig erschien es in dieser bösen, gierigen Hast. Aber da – es sah aus wie ein roter Blitz – schnellte der Fuchs herum. Nun erkannte auch sein Gegner, daß er getäuscht worden war und daß der Fuchs alle Kräfte beisammen hatte; doch ehe er zu neuer Besinnung kam, hatten die furchtbaren Zähne des Fuchses sich tief in seinen Hals gegraben. Man vernahm nur einen kurzen, schrecklichen Laut von röchelnder Todeswut, dann wurde es still, und langsam hörten die Zuckungen des Körpers auf, den der Fuchs unter sich am Boden festhielt.

Erst als sich keine Regung des entfliehenden Lebens mehr wahrnehmen ließ, löste er seine Zähne aus dem Hals des Feindes und sprang in einem weiten Satz von ihm zurück, immer noch wie in Sorge, dies zähe, eigensinnige Räuberleben möchte sich trotz seiner Todeswunde zu einem letzten Biß aufraffen.

Aber es geschah nichts dergleichen. Der Wald war wieder ruhig geworden, und kein Laut erinnerte mehr an das Kampfgeschrei, das ihn eben noch weithin durchklungen hatte. Nur ein paar Krähen kreisten hoch über den Wipfeln der alten Bäume, unter denen der Marder starb.

Ein kleines rotes Bächlein rieselte aus seinem durchbissenen Hals ins Moos. Der Fuchs sah ruhig mit seinen klaren Augen hinüber und leckte sich die Lippen, sein breiter, roter Schweif peitschte das

Laub; er sah zufrieden und stolz aus, auch nicht ein Schatten von Reue und Mitleid trübte ihm den bösen Genuß seiner Kraft und seines Sieges. Seine Wunde beachtete er in diesen Augenblicken nicht.

Du mächtiger Herr im Wald, dachte der Elf, und sein Herz zitterte. Du kannst hassen und töten, genießen und sterben, alles ist dein unvermindertes Recht.

Da erinnerte sich auch der Fuchs des Elfen; er sah hinüber und lachte: »Nun«, rief er, »was sagst du dazu? Ich habe gewußt, daß hier etwas nicht geheuer war, und ich suchte den Marder schon seit langem. Du hältst mich wohl für sehr böse?«

Der Elf strich sein Haar zurück und atmete tief auf. »Ich halte dich für stark und klug«, sagte er und preßte die bebenden Hände zusammen. »Denk an mich und vergiß mich in deiner Freiheit nicht.« Und er flog nach diesem Gruß auf und davon, das Herz von Erhobenheit und Bangen zerteilt.

Der Fuchs sah ihm so lange nach, als er ihn zwischen den Stämmen im Licht der Abendsonne erkennen konnte, und dachte: Er läßt mir, was ich bin und was ich habe; so möge auch er einmal empfangen, was sein Teil ist zu seiner Freiheit – das wünsche ich ihm.

Sechzehntes Kapitel

Die Elfennacht

ines Tages, als die große Sonne schon rot und feierlich am Abendhimmel stand und die Schleier der Heide mit ihrem goldenen Glanz entzückte, kam aus dem Walddunkel ein seltsames Tier dahergeflogen, machte halt auf der Wiese und fragte nach dem Elfen.

Das war zum mindesten ein Ereignis, denn die Tiere der Waldwiese mußten sich nach dieser Frage sagen, daß es ferne und fremde Gegenden gab, in welchen man vom Elfen etwas wußte, wahrscheinlich, ohne daß er sie jemals aufgesucht hatte. Es kam hinzu, daß der geflügelte Bote Bewunderung erregte – es war niemals zuvor ein ähnliches Tier auf der Wiese gesehen worden. Auf den ersten Blick hätte man glauben können, es sei eine Libelle, denn die Fremde hatte wie diese schönen glitzernden Tiere durchsichtige Flügel und einen langen, schmalen Leib, auch waren es vier Flügel an der Zahl und ähnlich geformt wie die der Libellen, aber auf jedem von ihnen befand sich ein großer dunkler Fleck von tiefem Blau. Vom gleichen schimmernden Blau war der schmale Körper, und die klugen, großen Augen schauten ernst, beinahe schwermütig aus dem Gesicht. Es war, als käme dieses seltsame Geschöpf nicht aus den Bereichen der Tagesklarheit, sondern als sei es ein wunderbarer Nachtvogel der kühlen Stunden, in denen am Himmel der Mond herrscht.

Zwei Schmetterlinge – ein Pfauenauge und ein Schwalbenschwanz – entdeckten den fremden Boten zuerst, und rasch verbreitete sich die Nachricht unter den Tieren der Waldwiese, daß die Botschaft des Ankömmlings den Elfen anging. Die Bienen machten sich auf den Weg, ihn zu suchen, denn in der Nähe war er nirgends zu sehen.

»Wie ist es denn«, fragte das Pfauenauge, »können Sie uns nicht erzählen, was Sie dem Elfen zu sagen haben? Wir werden es schon ausrichten.«

Die Fremde schüttelte den Kopf. »Das geht nicht«, sagte sie, »ich muß ihn selber sprechen, ich komme von der Elfenkönigin.«

Das Pfauenauge erschrak. Es hatte sich inzwischen eine ganze Reihe der Waldwiesenleute angesammelt, und nun wichen sie alle scheu ein wenig zurück, denn wer kannte die Macht der Elfenkönigin nicht. Es war eine Weile totenstill, man hörte den Bach plätschern, und das Lindenrauschen füllte die abendlich durchleuchtete Luft unter den großen dunklen Zweigen. Die Blumen in der Nähe, die schon an ihren Schlummer dachten, horchten auf und hoben ihre Köpfchen in die Abendstille. Wer hatte nicht von der Elfenkönigin gehört! Wollte sie nun den Elfen, der ihnen allen lieb geworden war, fortrufen und aufs neue in ihr Reich bannen, daß er ihrer Gemeinschaft entzogen werden sollte?

»Sagen Sie uns, was geschehen wird«, bat ein Grashüpfer, aber die Fremde schüttelte den Kopf. Besorgt sah sie sich um.

»Werden die Bienen den Elfen finden?« fragte sie.

Der Schmetterling nickte. »Die Bienen finden alles, was sie wollen; wissen Sie nicht, daß die Bienen darin groß sind?«

»Doch, doch«, lautete die Antwort, »aber es eilt; der Abend wird bald hereinbrechen, und es ist weit bis zu den Moorseen.«

»Es ist mitten im Juli«, sagte eine Ameise geheimnisvoll. »Von den Glühwürmchen weiß ich, daß einmal im Jahr zur Sommerzeit bei Vollmond die Elfenkönigin in der Waldtiefe Hof hält. Es wird schon etwas Wahres an dieser Botschaft sein.«

Eine Grasmücke kam herzugeflattert, und die geflügelten Tiere stoben auseinander, aber die Fremde blieb ruhig sitzen. »Ich reise im Elfenfrieden«, sagte sie ruhig, und die Grasmücke ließ sich neben ihr nieder, ohne ihr ein Leid zu tun, ja ohne ihr zu nahe zu kommen.

Die Waldelfen sind ein mächtiges Volk; selbst die größten Tiere gehorchen ihrem Willen, denn es gibt vielerlei geheimnisvolle Künste und manchen Zauberbann, den die Elfenkönigin verhängen kann. Ach, viele Wunder walten im tiefen Wald, aber eines der größten werde ich nun erzählen.

Als nach einer Weile der Elf kam, von zwei Bienen geführt, die ihm voranflogen, grüßte die Fremde ihn tief und ehrfürchtig, und sie sprachen eine Weile allein miteinander, während die anderen Tiere neugierig und erwartungsvoll im Umkreis verharrten.

Der Ausdruck des Elfengesichts wurde nachdenklich und immer trauriger; er sah vor sich nieder und sann, es schien, als ob die Botschaft des blaugeflügelten Waldboten ihm tief ins Herz sänke.

Zum Schluß nickte er langsam, grüßte die Fremde freundlich zum Abschied und sah ihr nach, als sie schnurgerade und windesschnell mit leisem Schwirren davonflog, um bald zwischen den Stämmen der Kiefern in der Dämmerung zu verschwinden.

Li, das Eichhorn, das seine Erwartung nicht mehr zurückhalten konnte, trat nun zuerst an den Elfen heran. »Willst du uns verlassen, Lieber?« fragte es rasch und ängstlich.

Da kam auch Uku auf einen niedrigen Ast herabgeflogen, und der Elf wandte sich an sie: »Uku, ich muß in dieser Nacht zur Elfenkönigin.«

Die Eule machte ein betroffenes Gesicht und sah schräg vor sich nieder; man erkannte deutlich, daß diese Nachricht sie nicht erfreute, und es schien, als wußte sie, was sich mit dieser nächtlichen Begegnung verbinden könnte. Endlich sah sie auf und dem Elfen gerade ins Gesicht, der sich neben sie auf den Lindenast gesetzt hatte: »Die Elfenkönigin ist großmächtig, eine Herrscherin im Walde und über die Heide«, sagte sie. »Sie wird dir die Freiheit zurückgeben, nach der du Verlangen trägst.«

»Ja, sie wird mir helfen wollen«, antwortete der Elf. Seine Gedanken schienen nicht bei seinen Worten zu sein, er legte seine Hand auf die Brust und sah mit großen Augen in die Sonne, die jetzt dicht am Rande der Erde stand und wie eine feurige Kugel glühte.

»Willst du uns verlassen?« fragte nun auch Uku. Ihr war wie allen Tieren umher plötzlich bang ums Herz; alle erinnerten sich dessen, daß der Elf aus fernen Regionen einer geheimnisvollen Welt zu ihnen gekommen und daß er im Grunde nicht ihresgleichen war. Sie hatten es längst vergessen, so lieb war er ihnen geworden; und hatte er nicht immer alles mit ihnen geteilt, was sie beschäftigte, freute oder bekümmerte? Nun erschreckte sie der Gedanke, daß er fortfliegen möchte, zurück in sein Elfenreich, und sie allein lassen.

Da sagte Uku plötzlich: »So sollen wir denn allein den Herbst erwarten, die Trauer des Welkens und einst unseren Tod. Ach, Elfenkind, vergiß uns nicht in deiner hellen Heimat.«

Da kam eine seltsame Ruhelosigkeit über den Elfen, seine Augen schimmerten in einem kühlen, fremden Licht, er verließ seinen Platz neben Uku und flog zum Bach nieder. Dort nahm er das glitzernde Wasser in die Hand, hob es auf und sagte:

»Ein Elf befiehlt dir, gehorsam zu sein;
Silber im Wasser, werde mein!«

Und während das Wasser aus seinen zarten Fingern niederrann, geschah das Wunder, daß ein klarer Silberschimmer in seiner Hand zurückblieb, und er legte ihn über seine hellen Flügel. In diesem Glänzen trat er nun zu den winzigen Wasserperlen, die von einer Bachwelle an einem Schilfhalm zurückgeblieben waren, hob seine Hand und sagte zu ihnen:

»Ein Elf befiehlt euch, gehorsam zu sein;
reiht euch zur glitzernden Kette ein!«

Und wieder geschah, was er befahl, und als er diesen reinen Schmuck um seinen Hals legte, war seine Pracht überirdisch zu schauen; die Verwunderung der Waldwiesenleute nahm kein Ende, aber sie fürchteten sich, denn er wurde ihnen immer fremder. Sie erlebten, daß er Wunder über Wunder tat und sich für den Gang zu seiner Königin immer herrlicher schmückte, aber zugleich sahen sie, daß sein Angesicht immer trauriger wurde.

Als er sich umwandte, um ihnen einen letzten Gruß zuzuwinken, war die Sonne herabgesunken, nur ein schmales goldenes Halbrund ihrer Scheibe war noch zu sehen. Da hob der Elf zum letztenmal seine Hand, wie gebannt durch das feurige Himmelsgold, wandte sich an die Sonne im Abend und rief:

»Ein Elf befiehlt dir, gehorsam zu sein;
gib mir Gold aus deinem Schein!«

Aber es blieb nach seinen Worten totenstill umher, und nichts geschah. Lautlos sank fern die Sonne völlig unter den Horizont, und nun vernahm man umher das leise Seufzen, in welchem alle Geschöpfe sich der hereinbrechenden Nacht ergaben. Ein sanftes Rauschen erhob sich und pflanzte sich fort; in diesem Wehen stand bestürzt das Elfenkind in seinem Silberglanz, und eine Träne nach der anderen rann über sein blasses Gesicht und tropfte ins Moos. »Oh, die Sonne«, schluchzte es; »sie ist meinem Ruf nicht gefolgt, ihr Gold ist nicht für mich.«

Keines der Tiere umher wagte sich zu rühren. Nach den Beweisen seiner Macht, nach allen Wundern, die eben noch der Elf getan hatte, erschütterte alle seine Ohnmacht und sein Schmerz darüber, daß die Sonne ihn nicht hörte, aber wie erschraken sie, als er nun plötzlich den herrlichen Perlenschmuck von seinem Halse nahm und rasch und mit Eifer das schimmernde Bachsilber von den Flügeln streifte. Allen Schmuck, den durch wunderbaren Zauber die Natur ihm gehorsam verliehen und den er sich angetan hatte, streifte er ab; nun, als er ihnen wie einst – nur in seinem schlichten Kleid, mit den hellen Flügeln und dem Goldhaar – erschien, sahen sie, daß er sich auf seine Knie sinken ließ, und indem er flehentlich seine Hände zum Abendhimmel hob, rief er:

> »Goldene Sonne, ein Elfenkind
> möchte nicht mehr sein, als alle sind.
> Sieh, ich gab meine irdische Zier,
> gib mir dein himmlisches Gold dafür.«

Kaum waren die Worte im Abendwind verklungen, als hoch aus dem Gipfel der Linde ein feines Klingen erscholl, das von einem Glänzen begleitet wurde, und von Zweig zu Zweig rieselte es golden durch die Blätter nieder und legte sich dem knienden Elfenkind um Stirn und Schläfen und über sein helles Haar. Alle erkannten, daß es das letzte Gold der Abendsonne aus dem Wipfel der Linde war, und das Glück und das Entzücken der Waldwiesenleute kannte keine Grenzen.

Es brach ein Jubel aus, der nicht enden wollte; alle Angst und Sorge wich aus den Herzen, und aus den Zügen des Elfen war alle Traurigkeit verschwunden. Nie war er den Tieren der Waldwiese schöner erschienen; das Fremdartige und Seltsame, das noch eben alle an dem Elfenkind in heimliche Scheu versetzt hatte, hielt sie nun nicht mehr gebannt, und alle glaubten es, als Uku rief. »Leb wohl auf deinem Weg ins Nachtland der Elfenkönigin! Du wirst nun sicher zu uns zurückkehren!«

Als der Elf dahinflog, leuchtete eine Weile noch der festliche Abendhimmel durch die Stämme; erst in den Tannen wurde es dunkel, und bald darauf, wenn eine Lichtung kam, schimmerten die ersten Sterne im kühlen Blau der Höhe. Es dauerte nicht lange, und der Mond ging auf – man sah es am blassen Schimmer hoch in den Kronen der Bäume. Die Fledermäuse jagten in den Waldlichtungen, und hin und wieder erscholl der Ruf der Eulen.

Es war ein weiter Weg für den Elfen; feierlich rauschte der Wald durch sein Herz, das bang und zuversichtlich zugleich pochte, von Furcht und Hoffnung gewiegt. Es war in der Natur umher ganz mondhell geworden, als er am Ort seiner Bestimmung angelangt war. Am Stamm einer uralten Eiche, dicht über dem Boden im Buschwerk, kreiste eine Schar von Glühkäfern in seltsamen Ornamenten durch die Luft, als zögen sie geheimnisvolle Linien oder Kreise; die ganze Umgebung wurde auf diese Art in eine schimmernde Dämmerung getaucht, in welcher die Blätter seltsam glommen, als brennte irgendwo ein verborgenes grünliches Licht.

Der Elf erkannte diese Wahrzeichen, er ließ sich bis dicht vor die großen Wurzeln der Eiche ins Moos nieder und rief die Glühkäfer an. Sofort löschten alle bis auf einen ihr Licht; nun sah man die Silberstreifen vom Mond durch die Zweige fallen, erwartungsvoll schien alles auf ein Ereignis zu harren.

Der Glühkäfer kam nahe an den Elfen heran; als er sich vor ihm auf der Baumwurzel niederließ, erschrak er heftig. »Was hast du für Licht auf deinen Haaren und auf deiner Stirn?« rief er. »Du erschreckst mich. Lösch dein Licht!«

»Ich kann es nicht«, sagte der Elf. »Zeig mir den Weg zur Königin.«

»Du bist der Waldwiesenelf, der von der Herrscherin erwartet wird?«

Der Elf nickte. Auf ein Zeichen des Käfers flammten die Lichter aller anderen wieder auf, und es wurde unter der Wurzel der Eingang zu einer Höhle sichtbar. Die kleinen Wesen dienten scheu und gehorsam jedem Wink der Elfen.

»Der Mondtanz auf der Wiese ist schon beendet«, sagte ein Käfer zum Elfen, als er neben ihm dahinflog, »alle erwarten dich im silbernen Saal. Es darf kein Elf mit dir sprechen, bevor es nicht die Königin getan hat.«

Den Elfen ergriff mit heimlicher Macht der alte Zauber seines Heimatreiches; alles, was er seit der Nacht durchlebt hatte, in der er seiner Blume entstiegen war, erschien ihm plötzlich wie ein glühender Sonnentraum, in Gold und Grün und Wärme verwoben. Seine Hände zitterten, und er rief das Losungswort der Elfen vor dem Tor am Ende des Gangs mit bebender Stimme.

Die nächtlichen Tore taten sich auf, ein Himmel von Licht und Glanz umfing den Elfen, als ob er in ein wogendes Meer von fließendem Silber untertauchte. Geblendet hielt er inne, während sich lautlos das Tor hinter ihm schloß, das die dunkle irdische Nacht vom Elfenreich trennte. Er sah über weite Gärten hin, die von Silber und durchschimmertem Grün flammten und so hell waren, wie den Augen die Scheibe des Vollmondes erscheint, wenn sie weit aufgeschlagen mitten hineinsehen. Es ergriff ihn eine tiefe Rührung, die er nicht zu überwinden vermochte; es war die Gewalt der Heimat, die Einzug in sein Gemüt hielt. Sie ist die mächtigste aller Erinnerungen; schon viele Wesen sind ihr immer aufs neue erlegen und haben ihr das Opfer dessen gebracht, was die weite Welt sie gelehrt hat.

Ein hoher Gesang schreckte den Elfen aus seiner Traumbefangenheit empor; er hob seine Augen und sah vor sich den Thron der Elfenkönigin. Über ihrem blonden Scheitel, auf dem ein Kronenreif aus Diamanten erglänzte, so rein und durchscheinend wie das Quellwasser der Waldtiefe, wölbte sich ein strahlender Baldachin, und zur Rechten und Linken ihres Throns, der aus Silber war, standen in weißen Reihen ungezählte Scharen von Blumenelfen, und alle hatten ihre Augen auf den Ankömmling gerichtet. Von ihren Lippen erscholl der Gesang, der die grüne Silberluft umher erfüllte wie buntes Licht eine kristallene Kugel. Unwillkürlich ergriff die selige Schönheit des Gesangs den Elfen, und indem er sich tief verneigte, sang er mit den anderen das alte Elfenlied, den Gruß der Königin:

»Du Lob des Lichts in mir,
du Leuchten, das ich bin!
In tiefer Demut deine Zier,
ewige Königin.«

Als das Lied verklungen war, wurde es umher so still, als wäre der strahlende Lichtraum ein Bild, nur ein ganz leises, kaum vernehmbares Rauschen ging von den vielen Flügeln aus, als zöge ein heimlicher Windzug über eine Winterlandschaft, deren Bäume im Rauhreif glitzern.

Da erklang die Stimme der Elfenkönigin, und ihre Lichtaugen ruhten auf den Zügen des Elfen wie zwei Sterne: »So bist du meinem Rufe gefolgt und zu mir gekommen, du verlorenes Kind? Ich will dich nicht fragen, ob es ein Unglück oder eine Schuld gewesen ist, die dich aus unserem Reich verbannt hat, aber du sollst heute wissen, daß meine Macht groß genug ist, dir deine alte Freiheit wieder zu erwirken, und du darfst in unsere Gemeinschaft und in deine alten Elfenrechte zurückkehren, wenn du allem absagen willst, was dich in der vergänglichen Welt der Menschen, Tiere und Pflanzen gefesselt hat, und wenn du deine Schuld von Herzen bereuen kannst.«

Es ging eine frohe Bewegung durch die Reihen der Elfen; alle schienen beglückt zu sein, daß einer der Ihren, den der Tag der Erde ihnen geraubt hatte, wieder in ihr Zauberreich zurückkehren sollte.

Aber die feine Stirn der Königin umwölkte sich plötzlich unter dem Licht ihrer Krone, und sie sagte: »Kommst du ungeschmückt zu deiner Königin?«

Da merkte der Elf, daß der Schein auf seiner Stirn erloschen war, seit er das Elfenlied gesungen hatte, und die seltsame Trauer, die sein Gemüt bewegte, nahm zu. Ihn ergriff jählings ein Heimweh nach dem warmen, grünen Erdenreich der Sonne, und er begriff zum erstenmal die Bedeutung des alten Gesetzes des Elfenvolks, daß kein Elf die Sonne sehen durfte.

Es schien, als ob die Königin seine Gedanken erriete; sie sagte ernst und mit feierlicher Stimme. »Dein Geschick hat dich in den Bereich der Sonne verschlagen, und du hast erfahren, wie gefährlich ihre Macht ist. Es ist nur einem Wunder zu danken, daß du nicht gestorben bist; aber fast so schlimm wie der Tod ist die böse Wirkung der Sonne, die die Elfen ihr ewiges Lichtreich vergessen macht und sie zum vergänglichen Geschick der sterblichen Wesen verzaubert. Aber meine Macht ist größer; hast du gehört, daß ich dich erlösen will? Bevor du aber nun aufs neue in unsere Gemeinschaft aufgenommen wirst, sollst du uns erzählen, wie es gekommen ist, daß du in deiner ersten Erdennacht am Morgen den Aufgang der Sonne nicht rechtzeitig gewahr geworden bist.«

Da erhob der Elf seinen Kopf, den er in unverstandener Traurigkeit gesenkt gehalten hatte, solange die Königin sprach, und begann seine Geschichte von der Biene zu erzählen, die er in der Sommernacht zu den Menschen geführt hatte. Es war unbeschreiblich still umher, während er sprach, denn die Elfen wissen nur wenig von den Menschen; es kommt nur alle hundert Jahre vor, daß ein Elf mit den Menschen in Berührung tritt, deshalb sind sie sehr begierig, etwas zu erfahren. Vor der Sonne und den Menschen haben alle Elfen eine große Scheu.

Der Elf erzählte zu Beginn nur langsam und schüchtern, aber je länger er sprach, um so fester und klarer wurde seine Stimme, und als er zum Schluß kam, erhob sie sich zu einem Jubeln, so daß alle mit pochenden Herzen lauschten und nicht begriffen, woher die Freude stammte, die aus den Worten des Elfen strahlte.

Es war lange still, nachdem er seine Geschichte beendet hatte; endlich fragte die Königin erstaunt und besorgt: »Du sagst uns, die beiden Menschen seien glücklich gewesen? Ich will es dir gerne glauben, aber wie kommt es, daß du darüber die aufgehende Sonne am Himmel nicht gewahr geworden bist? Das blendende Feuer der gewaltigen Sonne muß doch deine Sinne schon mit Angst erfüllt haben, als es sich am Horizont ankündigte, und da wäre es für dich Zeit gewesen.«

Der Elf erhob seine Arme, und seine Augen glänzten: »Wie soll ich es dir beschreiben, mächtige Königin?« sagte er mit zitternder Stimme. »Seit ich die Augen der beiden Menschen gesehen hatte, die sich im Glück ihrer Liebe umschlungen hielten, war mir ums Herz, als sei die ganze Erde hell; ich habe geglaubt, das Licht käme aus ihren Herzen geströmt, wirklich ... Und als ich dann aufschaute und die Morgensonne erblickte, war mir in meiner Verwirrung zumute, als käme alles Glück von ihrem Licht, und ich konnte nicht wie früher glauben, daß sie gefährlich und schrecklich sei. Ich vernahm um mich her die Stimmen der erwachenden Blumen und Tiere, und aus aller Mund klang der gleiche frohe Glaube.«

Da sprang die Königin auf und schlug vor ihrer Stirn die Hände zusammen vor Zorn und Trauer. »Armes, verführtes Kind!« rief sie. »Was hast du gegen das unvergängliche Dasein der Elfen eingetauscht! Weißt du denn nicht, daß alle Wesen, die der Sonne vertrauen, sterben müssen?«

Erschrocken über den Zorn der Königin trat der Elf ein wenig zurück. »Das macht ja nichts ...«, antwortete er schüchtern.

Es war wirklich so, als sollte in dieser Nacht im Reich der Elfen ein Wunder nach dem anderen geschehen. Die Königin stand plötzlich merkwürdig still, sie schien ihre ganze Sorge vergessen zu haben. Indem sie sich langsam mit großen Augen vorbeugte, sagte sie in höchstem Erstaunen: »Wie? Ist es wahr – du weinst? Seit wann kann ein Elf weinen?«

»Ich weiß nicht«, antwortete der Elf leise. »Ich kann es ...«

Da raffte die Köngin sich erschrocken auf, und indem sie ihre ganze Kraft zusammennahm, sagte sie: »Wie frei und herrlich war dein Leben vor deiner unseligen Schuld! Dir waren Schönheit und Macht verliehen, und du hast im hellen Flügelkleid die Irdischen beglücken können nach deiner Wahl. Schmerzen und alles Ungemach der sterblichen Wesen sind dir fremd und fern geblieben, und dein Tod war nur ein lieblicher Traum des Vergessens, durch den du in unser Reich zurückkehrtest, um einst aufs neue als Blumenelf aus einem reinen Kelch zu steigen, so hell und einsam, wie das Licht aus den Sternen bricht oder wie ein Quell aus den Felswänden. Dein Wort tat Wunder, alle Wesen der Schöpfung dienten dir und segneten dich. Die Erde nahm dich auf, um dich aufs neue zu erlösen; weißt du das alles nicht mehr?«

Da rief der Elf laut: »Die Erde kann nicht erlösen, nie die Erde!«

»Was soll dich denn erlösen, du Törichter?« entgegnete bestürzt die Königin. »So alt das Geschlecht der Menschen ist, so lange sind Herzeleid und Klage von ihnen aufgestiegen; so lange haben Erniedrigung und Schmach ihre Liebe begleitet; so lange sind sie den bittern Tod gestorben, der ins ewige Dunkel führt. In der Sonne vergessen sie ihr Geschick, in derselben Sonne, die nun auch dein Gemüt und deine Sinne verführt hat. Und ergeht es den übrigen Geschöpfen im Licht anders? Ihr Seufzen steigt wie Nebel vom Erdgrund, sobald die Sonne am Horizont gesunken ist. Ach, und wie viele Tränen hat auch die Sonne selbst gesehen, die sie nicht hat stillen können! Dies alles weißt du, und was du erfahren hast, wird dir nur die Wahrheit meiner Worte bestätigen. Und so frage ich dich nun: Willst du zu uns zurückkehren und in deine alte Freiheit?«

Da antwortete ihr der Elf: »Ich kann es nicht mehr.«

Und als die Königin sich erhob und sagte: »So werde ich dir helfen«, legte der Elf die Hand auf seine Brust und sagte deutlich:

»Ich will es nicht mehr.« Und als hätte sein Entschluß ihm Kraft verliehen, fuhr er mit leiser Stimme, aber ruhig und gefaßt, fort: »Was du über die Erde, die Sonne und ihre Geschöpfe gesagt hast, Königin, das ist wahr, aber du und alle aus deinem Reich, ihr kennt nur das Ungemach der Irdischen, aber ihr kennt ihr Glück nicht. Ich kann es dir mit Worten nicht sagen, dies Glück, das jetzt auch mein Teil geworden ist und von dem ich mich nicht mehr trennen will. Wohl ist der Tod das dunkle Geschick der Irdischen, aber im Licht der Sonne, die alles blühen macht, blüht auch aus den Herzen der Sterblichen eine helle Blume der Freude. Ihr Name ist Liebe; der Grund, auf dem sie allein gedeihen kann, ist das Herz in seiner Freiheit.«

»Das Herz?« sagte die Königin mit blassen Lippen. Es war so still umher, daß ihre Frage wie ein Traumruf in ruhiger Nacht erklang; es war, als wagte niemand zu atmen.

Da fuhr der Elf mit leiser Stimme fort, die vor Ergriffenheit zitterte: »Ich kann das Herz nicht schildern, aber sein Reich ist unendlich, weit und klar. Seine Allmacht ist stärker als die Gedanken, seine Wärme gnädiger als das Sonnenlicht, und tausend und tausend Jahre haben seine Fülle nicht ändern noch trüben können. Alle Schwachheit des vergänglichen Geschlechts der Irdischen ist nur eine arme, zeitliche Befangenheit gegen seine helle und unzerstörbare Freiheit, und immer und immer wieder blüht aus seinem Grund die Liebe empor. Nur das Herz kann erlösen, Königin. Draußen, in der goldenen Gemeinschaft der Sonne, blüht es auf. Was gilt den Gesegneten, die es in ihrer Brust bergen, noch das zeitliche Elend oder der Tod? Wie immer wieder die Sonne mächtig wird und die Erneuerungen des Frühlings erschafft, so wird in den Herzen immer wieder die Liebe aufbrechen; das macht die Fremdesten zu Brüdern, die Einsamen zu fröhlichen Gefährten und schließt die Verlassenen in eine unaussprechliche Gemeinschaft der Hoffnung ein. Das ist es, was ich erfahren habe, seit ich die Sonne und ihren Bereich kenne; aber ich weiß wohl, daß ich es nicht erklären und benennen kann. Es ist eine himmlische Ungeduld in mir voll Seligkeit, das Herz pocht und pocht; erst seit ich weinen kann, höre ich seinen Schlag. Es klingt warm, voll Angst; bald ist mir, als versänke es in Dunkelheit, dann wieder vermag ich seine Strahlen nicht zu fassen, und ich weiß, es wird blühen! Ich weiß es, wenn ich die Knospen auf den Wiesen sehe oder den Vogelsang höre, das Lachen der Menschen oder ihre Klage. ›Es wird alles, alles gut‹, pocht das Herz; ›du sollst noch viel Größeres erfahren!‹«

Der Elf schwieg, und wie beschämt von seiner eigenen Kühnheit senkte er sein Haupt, und ein schüchternes Lächeln kam in seinen Zügen auf, ein wehmütiges Lächeln der Zuversicht. Ach, dies Lächeln! Könnte ich es mit meinem Geist erfassen und über eure Herzen ausschütten, wie Gott seinen Sonnenschein über die blühende Frühlingserde strömen ließ – für den Preis meines Lebens, ich täte es!

Kaum hatte der Elf seine Worte beendet – noch ging wie eine Woge das Erstaunen aller durch den Saal –, da geschah das Wunder, daß sich in seinem Haar um seine Stirn ein sanftes Glühen erhob, das, obgleich es milde und freundlich war, doch stärker erstrahlte als alles Licht des funkelnden Saals.

»Die Sonne!« schrie die Königin laut und sprang in hellem Entsetzen empor. »Die Sonne!«

Sie erhob ihre Hände und rief ein gewaltiges Zauberwort, unter dessen Klang der Saal erbebte, und das magische Licht ihrer alten Welt und mit ihr der unterirdische Raum und das Heer der erschrockenen Elfen versanken in dunkle Erdtiefe, abgelegener und ferner, als die Sinne ermessen können. Es wehte kühl und traurig aus der Finsternis über den Elfen hin, und er vernahm aus der Nacht, die ihn umgab, eine dumpfe Klage, wie sie zuweilen vor dem hereinbrechenden Föhn schaurig über die Eisdecke der Gebirgsseen hinhallt. –

Am hereinbrechenden Morgen weckte das Tageslicht der Erde den Elfen. Er fand sich unter Farnen im Moos liegen, zwischen den großen Wurzeln des Baumes, der den Eingang zum Elfenreich hütete. Er richtete sich mit Taumeln auf und sah voll tiefen Erstaunens in das Morgenrot, das zwischen den Stämmen leuchtete. So war er nun dem alten Heimatreich für immer entrückt, sein Zauber hatte die Gewalt über ihn verloren, und es war ihm nach seinem Willen geschehen, nun unter den Sterblichen der Erdoberfläche ein Vergänglicher zu sein wie die anderen alle.

Als die Sonne ihr funkelndes Strahlengold über die heitere Landschaft ergoß, als die fernen Seen aufblitzten wie silberne Himmelreiche, im Morgenrauschen der Wälder verloren, als die ersten Stimmen der erwachenden Tiere ihn begrüßten und der Tau seine Stirne küßte, zog ein froher Mut in sein Herz ein. Mit Singen erhob er seine Flügel und flog durch den Morgenglanz der erfrischten Welt auf die Waldwiese zurück, zu den Pflanzen und Tieren, den Freunden seines Lebens.

Siebzehntes Kapitel

Das Reich

angsam wurden nun die Tage kürzer, und die ersten Silberfäden der Wanderspinnen hingen in den Büschen, oder sie zogen so lautlos durch die klare Luft, als ruhten sie auf unsichtbaren Schwingen, wie überall umher das sommerliche Waldglück in freier Gestilltheit träumte. Aber seit diese glitzernden Fäden zu sehen waren, kam mit ihnen eine heimliche Wehmut auf, als sänge eine Frauenstimme in einem verlassenen Haus oder als wendete ein Scheidender sich nach einer liebgewordenen Stätte um, die er nicht wiedersehen sollte.

Die Berberitzensträucher am Rand der Waldwiese sahen unter der roten Last ihrer kleinen Früchte aus, als wären sie über und über mit Korallen behängt; die vereinzelten Vogelrufe zogen durch das Wunder ihrer zarten Gestalt, wie auch die Luft und die kühlere Sonne. Die Nächte waren von nie gesehener Klarheit, die Gestirne funkelten so deutlich und nah, als wünschten sie ihr strahlendes Bild in allen Seelen einzuprägen, und die Gedanken der lebendigen Wesen, die über dem scheidenden Sommer in Schwermut sanken, mußten zu ihnen emporziehen, ob sie wollten oder nicht.

Zu dieser Zeit begann die Linde an einem hellen Abend eine andere Geschichte von den Menschen und erzählte:

»Im Laufe meines langen Lebens, dessen Dauer ihr Lieben, meine Blumen, Pflanzen und Tiere, in eurem Sinn nicht ermessen könnt, habe ich viele Menschen unter meinem Schatten beherbergt, ich habe sie von sich und anderen sprechen hören, ich kenne viel von ihrem Verlangen, ihren Schmerzen, ihrer Freude. Frühling für Frühling, im beständigen Wechsel der Jahreszeiten, hat sich meine Erfahrung auf seltsame Art erneut. Ich habe das Große des Irdischen am besten behalten, und das Geringe hat sich verloren, als sei es kein Teil meiner Erinnerung. So ist es mir ähnlich ergangen, wie es einem alten Geschlecht unter den Menschen ergehen kann: Zuletzt erben die jüngsten Sprosse zuweilen die Herzenserfahrung ihrer Väter als ihr Gut; sie werden mit weisen Augen geboren, zugleich mit unvergänglicher Jugend, und bergen den Seelenreichtum ihrer Ahnen im großen Gemüt.

So habe ich in meinen tausend Jahren oft von der Geschichte eines Mannes vernommen; immer wieder erklang sein Name, und was ich durch den Wandel der Jahrhunderte von seinem Wesen behalten habe, was Frühlinge und Herbste, der Schlaf des Winters und das Ungestüm der Stürme in mir nicht haben auslöschen können, das will ich heute erzählen, da nun der Sommer zur Neige geht und mit ihm manches Leben unter mir entschläft, um in dunkler Ruhe seiner Vollendung zu warten.«

Es waren an jenem Abend, an dem die Linde ihre Geschichte begann, fast alle Geschöpfe der Waldwiese versammelt, die euch bekannt geworden sind, und noch viele mehr. Auch der Elf saß mit gestütztem Kinn auf dem Moospolster unter einem hohen Farnblatt und lauschte. Seine Augen waren groß und still und suchten die schimmernde Weite des späten Sommertages. Wer ihn näher kannte und liebte, hatte in der letzten Zeit eine zunehmende Traurigkeit bei ihm wahrgenommen und stärker als jemals jene himmlische Ungeduld seines Wesens, die sich wie ein Licht auf alle übertragen hatte, mit denen er in Berührung gekommen war.

Er mußte nun oft an seine Begegnung mit der Lerche denken und an ihre Worte, als sie ihm gesagt hatte: »Wenn du einst heimfliegst, will ich singen.« Sie sang nun schon lange nicht mehr, und einen Sommer hindurch harrte der Elf auf seine Erlösung. Wann sollte ihm jene Liebe endlich begegnen, die größer als alle Liebe war, die er empfunden oder gegeben hatte, und die ihn zu seiner Heimkehr erlöste, nach der er sich sehnte? Wohl hatte er seine Hoffnung nicht verloren, aber sie war traurig geworden, und oft, wenn nun in kühleren Nächten die Sterne auf sein Lager schienen, hatte er leise gesungen, im Dunkeln:

»Trauer du, mein irdisch Los,
über deinen bittern Gaben
will ich meine Seele groß,
will sie stark und glänzend haben.«

Ihm war, als brächte ihm sein Lied aufs neue die Gewißheit seiner Bestimmung, als riefe er sie singend herbei; aber doch mußte er zuweilen daran denken, daß vielleicht seine Erlösung noch in weiter Ferne lag und daß die strahlende Erde, auf die er gebannt war, doch in all ihrer Schönheit keine Liebe kannte, so groß, wie er ihrer zu seiner Heimfahrt bedurfte.

Dies kam ihm auch in den Sinn, als die Linde ihre Geschichte begann, denn sie begann feierlich und sehr ernst, aber er konnte seinen Gedanken nicht nachhängen, denn es erhob sich ein sanfter Wind, und der alte Baum fuhr fort zu erzählen:

»Es ist länger her, als auch die ältesten Bäume ermessen können, da war einst in einer prächtigen Königsstadt des Fernen Ostens ein großes Fest, zu welchem die Menschen aus allen Gegenden des Landes herbeigeströmt waren, um daran teilnehmen zu können. Durch das Gewühl der fröhlichen Menschen ging ein Knabe, der niemandem auffiel, der ihn nicht näher betrachtete, denn er war einfach bekleidet und schmal von Wuchs; was ihn vor anderen auszeichnete, war der Glanz seiner Augen, deren Blick, eigenartig und schüchtern in sich versunken, doch zugleich in weite Ferne zu schweifen schien, wie ein ruhiges Wasser in seiner eigenen Tiefe ruht und doch zugleich den Himmel spiegelt. Er schritt langsam dahin, durch die heiße Sonne des schönen Tags, nachdenklich und froh, nach Knabenart, und es mag gegen seinen Willen geschehen sein, daß er sich nach einer Weile vor dem Eingang des mächtigen Tempels befand, der ruhig dalag, da kein Gottesdienst abgehalten wurde. Der Knabe schritt die breite Treppe empor und öffnete mit Mühe die schweren Vorhänge, die in das dämmerige Licht der feierlichen Halle führten. Gelassen betrat er das Heiligtum, heimlich beglückt und ohne Neugier, aber mit dem zitternden Herzen seiner Erwartung.

Es war fast leer unter den zwei erzenen Säulen der Vorhalle und kühler als draußen in der Sonne. Aus den Nischen blinkte goldener Schmuck aus Wandgemälden und gewirkten Teppichen. Der innere Raum war unermeßlich hoch und groß, zwischen den Knäufen der Säulen hing ein funkelndes Gitterwerk, sieben geflochtene Reife wie Ketten. Die Wipfel der Säulen öffneten sich wie Lilien. Aus einer der Nischen im Hintergrund erklang eifriges Reden, der Knabe vernahm gewichtige Männerstimmen und erregte Einwürfe, die seltsam widerhallten und durch den Schall im Raum eine geheimnisvolle Wichtigkeit bekamen.

Als er hinzutrat, erkannte er am ehernen Gestühl dicht neben dem vergoldeten Altar mit den heiligen Broten eine Gruppe von Priestern und Gelehrten, die über wichtige Fragen, welche Gott und sein Reich angingen, in heftigen Streit geraten waren. Da schritt er hinzu und lauschte, bis eine der Aussagen der Streitenden ihm ins Herz sank, und er trat in ihren Kreis und fragte nach dem Sinn der vernommenen Worte.

Die Angeredeten waren sehr erstaunt, als unerwartet ein fremder

Knabe in ihre Mitte trat und sich in ihre Anliegen mischte. Ein alter Mann unter ihnen, an den der Knabe mit klarer Stimme und ernstem Angesicht seine Frage gerichtet hatte, erhob zornig sein ehrwürdiges weißes Haupt und wies den Eindringling mit ausgestreckter Hand aus ihrer Mitte; aber noch ehe ein mißbilligendes Wort über seine Lippen kam, begegneten seine Augen denen des Knaben, und er schwieg betroffen, denn ihm war, als ob ein Leuchten von der Stirn dieses Knaben sänke, und der Glanz seiner Augen erschien ihm so liebevoll in seiner Klarheit, daß er sich besann und gütig antwortete. Aber wie groß war sein Erstaunen, als der Knabe seine Hand ein wenig hob und, indem er sinnend in die Dämmerung des Tempels schaute, sein kindliches Haupt schüttelte.

›Glaubst du mir nicht?‹ fragte der Alte betroffen.

Die anderen hatten sich schweigend und neugierig um die beiden versammelt, und es war ein seltsames Bild, als das Kind in der Gruppe der weißhaarigen Alten stand, die einander über die Schultern sahen, mit erstaunten, spöttischen und mitleidigen Angesichtern.

›Laß ihn doch gehen‹, erhob sich eine Stimme, und ein anderer meinte, es sei nicht Sitte, daß Kinder im Tempel das Wort ergriffen.

Aber da wandte sich der Knabe zu ihm, sah ihn an und sagte mit freiem Lächeln: ›Jeder Tempel ist meines Vaters Haus.‹

Seinen Worten folgte ein befangenes Schweigen, denn sie waren mit großer Zuversicht und so einfach gesagt, als handelte es sich um den irdischen Vater, von welchem der Knabe sprach, und nicht um den himmlischen; aber der ehrwürdige Greis, der sich des Kindes zuerst angenommen hatte, hob die Hand gegen die anderen, die sich zu Fragen und zum Widerspruch anschickten, winkte ihnen begütigend zu und sagte: ›Hat er nicht recht mit seinem Glauben? Gott ist unser aller Vater, so ist er auch der seine. Aber nun sage mir, Kind, weshalb hast du den Kopf geschüttelt, als ich deine Frage beantwortete, mit welcher du zwischen uns getreten bist?‹

Und da geschah das Wunder, von welchem lange die Priesterschaft des Landes bewegt wurde und das bis weit in alle Schichten des Volkes drang. Der Knabe legte seine Hand auf die Blätter des heiligen Buchs, das den Altar schmückte, und seine Fragen über den Sinn der ältesten Hoffnung des Volkes und der seligen Verkündigungen der Väter entzündeten die Herzen der gelehrten Männer zu unbeschreiblicher Wehmut. Es war, als sänke unter der Begierde und unter dem Anspruch dieses Kindes ein jahrtausendealter Staub von den vergilbten Blättern, und der Sinn ihres Inhalts schien sich zu wandeln wie die Augen des Knaben, der sprach.

Da wich alle Besorgnis und jeder Hochmut der Priester ihrem Verlangen, den Glanz dieses Geschehnisses zu ergründen, das unter ihnen waltete. Sie fragten dieses und jenes, was sie in Zweifeln und in Not bedrängt hatte, aber nicht wie Lehrer und Gelehrte fragen, sondern mit bebendem Herzen und tief betroffen über die Antworten des fremden Knaben.

Aber noch ehe sie recht ermessen hatten, was ihnen begegnete, hörten sie die Stimme einer Frau, die herzueilte und laut und glücklich einen Namen durch das Gotteshaus rief. Sie stürzte auf den Knaben zu, schloß ihn in ihre Arme und weinte vor Sorge und Glück. ›Wir haben dich drei Tage in der ganzen Stadt gesucht, mein Kind‹, rief sie mit zitternder Stimme.

Aber ihre Freude war viel größer als ihr Zorn, und auch der Vater, der herzueilte, ergriff die Hand seines Sohnes, schweigend vor Erstaunen und Ehrfurcht, ihn vor dem Heiligsten des Tempels im Kreise der mächtigen Gelehrten zu finden.

Das Kind folgte seinen Eltern ohne Widerspruch und begleitete sie, ihrem Willen gehorsam. Die Priester sahen einander betroffen an; diese lächelten befangen, ohne ihrer Verwunderung über das Geschehene Herr werden zu können; jene sahen dem Knaben nach, und andere senkten ihre Stirnen in Nachdenklichkeit, aber allen war, als wäre ein Schein unter ihnen zurückgeblieben, wie kein Wissen und keine Priesterwürde ihn auszubreiten vermögen, sondern das Herz, das unendliche, weite, klare.

Da sagte einer von ihnen und erhob sein Haupt: ›Welch eine Zeit bricht an, daß uns Weise ein unmündiges Kind durch sein Verlangen beschämt?‹ –

Ich habe kein Wissen und bin nicht gelehrt«, fuhr die Linde nach einer Weile fort, »ich habe nur die Einwirkungen der Natur kennengelernt; ich sah in mir und um mich her Erblühen und Vergehen, Lust und Schmerz und eine stete Wiederkehr der Freude. Dies ist meine ganze Weisheit bis auf den heutigen Tag geblieben, und ich will keine andere, denn in ihr war ich glücklich. In ihr sehe ich das Bild des Mannes, von welchem ich euch erzähle, und allein in ihr vermag ich es euch darzustellen – Gott gebe meinen Sinnen Unschuld. Wir sind alle aus der Freude geboren und kehren zu ihr zurück.

Aus jenem Knaben, der im Hause Gottes die Priester in Erstaunen setzte, wurde der Mann, dessen Geschick ich euch erzählen will. Erst nach vielen Jahren tauchte er wieder unter den Menschen auf, und ich hörte, daß niemand in Erfahrung gebracht hat, wo er bis an die Grenze seines Mannesalters geweilt habe. Er soll einfach gekleidet gewesen sein und nicht nach der Sitte der Gelehrten seiner Zeit, er trug einen Mantel wie ein Kleid, sein rauhes Haar fiel auf seine Schultern nieder, und als er damals unter das Volk trat, hatte er weder ein Haus noch irgendwelches Eigentum, noch auch nur einen Ort, wo er hätte ruhen können. Er arbeitete nicht und ließ keine Sorge um sein irdisches Ergehen in sein Herz finden, denn sein Glaube war, daß der Vater im Himmel sich aller annähme, die ihn von Herzen suchten. Obgleich er allein war und niemanden um Liebe bat, auch um keines Menschen Freundschaft warb, fanden sich Männer, die sich ihm anschlossen und die keine Macht der Welt mehr aus seiner Nähe und aus seiner Gefolgschaft verbannen konnte. Man erzählte, daß sie ihn erblickt und die Worte vernommen hätten, die er zu den Leuten auf der Gasse sprach, und daß sie ihn darauf liebgewannen und sein armes Dasein mit ihm teilten. Sie ließen ihre Arbeit, ihr Haus und ihre Angehörigen ohne Bedenken zurück, um immer bei ihm zu sein.

Man sprach bald im Lande von diesem seltsamen Mann, aber man verstand ihn nur selten, denn was er den Menschen über die Liebe sagte, war so neu, so sonderbar und zugleich so strahlend in seiner Einfalt, daß die meisten erstaunt, erzürnt oder geblendet aus seiner Nähe wichen und ihn zu hassen begannen, denn er störte sie in der falschen Ruhe ihrer Herzensarmut. Er sprach nicht über all jene Dinge, die sie Tag für Tag beschäftigten, nicht über ihre kleinen oder großen Sorgen, nicht über die Landesverwaltung noch über die Sitten und Gebräuche, sondern er sprach über das Reich der Seele und über das Wesen der Liebe.

Eines Tages erstieg er einen Berg nahe bei einer großen Stadt und begann den vielen, die ihn begleitet hatten, zu sagen, was sein Herz bewegte.

Er stand hoch und allein im Sonnenschein, in seinem schlichten Kleid, achtete nicht darauf, wie viele es waren, die ihm zuhörten, noch ob sie ihn wohlgesinnt oder feindlich betrachteten; er vergaß das Ungemach, das ihm von Menschen geschehen war, und sprach, als durchscheine ihn das Licht, in dem er stand, und seine Worte erklangen, als ob auch sie aus diesem Licht geboren wären.

Unter seinen Worten sanken alle vergänglichen Werte der Erde dahin, als seien sie nichts – Reichtum, Macht, Ansehen vor den

Menschen und alle zeitlichen Güter –, und an ihre Stelle setzte er zum Wert der Welt die Liebe. Ihren Glanz nannte er das Reich, und er verhieß es nicht den Mächtigen und Starken, sondern denen, die reinen Herzens sind, denen, die Barmherzigkeit und Gerechtigkeit ersehnen; sie nannte er das Licht der Welt.

Als bei seinen Worten in die Herzen der Menschen, die ihm mit Zittern und Andacht lauschten, die Angst um den Bestand ihres irdischen Daseins sank, lenkte er ihre Blicke aus dem Wirrsal ihrer täglichen Lebenssorgen hinüber in die Ruhe der Felder, in den Frieden der Natur, und sprach von den Blumen und Vögeln, die nicht säen und nicht ernten und die doch empfangen, was sie brauchen. ›Sorgt nicht für euer Leben‹, rief er laut, ›ihr seid mehr als sie! Trachtet am ersten nach dem Reich des Geistes, so wird euch alles andere zufallen.‹

Das Bild und der Glanz des Reichs wurden unter seinen glühenden Worten zu einer neuen Heimat im Gemüt. Sorge, Haß, Feindschaft und selbst der Tod erloschen in diesem blühenden Lichte, wie vor der aufgehenden Sonne im Tal die Nebel der Nacht versinken. ›Ich bin zu euch gekommen, um alles zu erfüllen, was die Sehnsucht aller Menschen erfleht hat; ihr sollt mit mir vollkommen sein, wie Gott im Himmel vollkommen ist.‹

Das Reich, von dem er sprach, wohnte und regierte im Tempel der Seele. Der Name Gottes und der Name der Liebe verwoben sich unter seinen Worten zu einer Einheit in unvergänglicher Freiheit. In seinem Herzen glühte der Wunsch, daß die Menschen sich von den vergänglichen Gütern der Erde abkehren möchten und sich unvergänglichen zuwenden. Mit heiligem Zorn und brennender Hoheit der Verachtung wandte er sich an die Schar der Landespriester, die unter dem Volke standen und ihm zuhörten, und strafte sie um ihrer toten Gesetze und um ihrer Halbheit willen.

Die Ergriffenheit und das Entsetzen der Menge nahmen überhand; er erschien den Menschen bald als ein himmlischer Gesandter eines ganz neuen Friedens, bald war ihnen, als müßte ein Gericht des Himmels diesen glühenden Geist der Prophezeiung davonreißen.

Aber nun wandte er sein Angesicht zum Himmel empor und sprach mit Gott, als sähe er ihn von Angesicht. Die erschütterten Menschen warfen sich zu Boden; ihnen war, als beschwöre die Inbrunst dieser Stimme Gott von seinem Thron nieder, mitten unter sie. Sie glaubten, er würde Gott zum Zeugen seines Reichs anrufen und Macht und Gewalt über die Erde für sich erflehen, aber er bat nur um Brot, darum, daß ihre Schuld vergeben sein möchte und daß sie vor Unrecht bewahrt blieben. Wie in einem unendlichen Jubel des Glücks rief er mit zitternden Lippen zu Gott empor: ›Dein ist das Reich!‹

Der Abhang des Berges erschien wie ein Saatfeld nach dem Werk des Schnitters. Der Sonnenschein flimmerte in warmen Lichtschwingungen, und fern über den Gärten sangen die Lerchen im Himmelsblau.

Niemand könnte die Wirkung seiner Rede schildern. In Glück, Andacht und Entsetzen verließen die Menschen ihn, als er sie schloß, und der Ruhm seines Namens verbreitete sich im Land und weit über die Grenzen hinaus.

Dieser unbekannte Gesandte einer neuen Botschaft, die die Liebe zum Wert der Welt erhob, zog weiter durch das Land und sprach auf den Märkten und Straßen zu den Menschen. Er fragte nicht danach, ob ein Mensch gute oder schlechte Eigenschaften habe, sondern nach dem Verlangen seines Herzens. Das Heimweh der Menschen war ihm wertvoller als ihre Tugenden, denn er hatte kein Gefallen an Opfern, sondern nur an Barmherzigkeit. So nahm er eine Verworfene an sein Herz, als er die Trauer ihrer Demut sah, aber er verwarf die Opfer eines reichen Mannes, dessen Herz sich nicht von allem trennen konnte, was er hatte. Aber wo er Glauben an sein Reich der Liebe fand, entschuldigte er alles, und wenn er jemandem half, so bekümmerte es ihn nicht, welchem Land oder welcher Kirche er angehörte. Das Leid der Menschen zog ihn an; er folgte ihren Schmerzen, als wäre er um ihretwillen gekommen; er konnte sich keinem Elend verschließen.

Einmal kam ein fremder Kriegsherr zu ihm, der ihn kaum kannte und nur von ihm gehört hatte, und bat ihn, er möchte seinen kranken Knecht gesund machen. Da anwortete er ihm: ›Ich werde kommen und es tun.‹

Aber der Fremde lächelte abwehrend und rief: ›Ich bin nicht wert, daß du in mein Haus kommst; sag nur ein Wort, und mein Knecht wird gesund werden!‹

Mit einem heißen Erschrecken der Freude über das Vertrauen, das in diesen Worten lag, wandte der Angeredete sich seinen Freunden zu. Er verbarg die Tränen, die sich in seine Augen drängten, und sagte: ›Unter euch habe ich solchen Glauben nicht gefunden.‹

Dann wandte er sich dem fremden Kriegsherrn aufs neue zu und sagte ihm, als wäre nichts geschehen, das eines Dankes wert sei, daß er daheim seinen Knecht gesund finden würde. Und wirklich fand der Herr seinen Knecht gesund.

Solche Macht war ihm gegeben. Niemand begriff, woher sie ihm kam, aber er lächelte und sagte: ›Ihr alle könntet Berge versetzen, wenn euer Glauben an die Liebe nur so groß wäre wie ein Senfkorn.‹

Seine Freunde, die ihn begleiteten, verstanden ihn nur selten. Oft fürchteten sie ihn, häufiger waren sie um ihn besorgt. Besonders seit er einmal allein, mit einer Geißel in der Hand, in das Gotteshaus gegangen war und die Händler vertrieben hatte, die dort ihre Tische aufzustellen pflegten, empfanden manche ein heimliches Grauen vor seiner Kühnheit. Denn er hatte den Leuten ihre Geldschalen mitsamt ihren Waren zu Boden geworfen, so daß ihre Habe durcheinanderrollte. Ihre Wut beachtete er so wenig, als ob eine mächtige Schar ungezählter Engel ihn unsichtbar begleitete und ihm Macht über alle Macht der Erde verliehe.

So fürchteten seine Freunde sich oft vor seiner Strenge und der Unerbittlichkeit seiner Forderungen und seines Willens zum Guten, aber als sie ihn einmal in ihrer Besorgnis fragten, antwortete er ihnen: ›Wer meine Worte hört und glaubt nicht, den werde ich nicht richten, denn ich bin nicht gekommen, daß ich die Menschen richte, sondern daß ich sie glücklich mache.‹

Obgleich er viel und zu allen Leuten sprach, sagte er doch, daß niemandem ein Gut der Seele gegeben werden könnte, der nicht schon reich an Kraft des Gemüts wäre; so redete er auch von solchen, die für das Reich erwählt seien, und von solchen, die es nicht finden sollten. Denn er kannte den alten Irrtum der Welt, daß jemand Liebe empfangen könnte, der keine zu geben habe. Er wußte, daß nur diejenigen Liebe empfangen, die Liebe haben. Er wollte nicht, daß die Menschen dem Bösen widerstrebten, und sagte, daß niemand seiner wert sei, der nicht alles aufgäbe, was er hätte.

Aber die hohe Freude seines Gottbewußtseins wechselte oft mit tiefer Niedergeschlagenheit, denn er war ein Mensch und wie alle Menschen, von denen ich euch erzählt habe, den irdischen Geschicken unterworfen.

Sagte ich euch nicht, als ich euch von Traule erzählte, daß Leid und Freud aus der gleichen Quelle entspringen und daß sie gleicherweise hervorströmen, wenn die geheimnisvollen Gründe der Brust erschlossen sind? So ging dieser einsame Verkünder des Reichs oft allein vor die Stadt auf einen Hügel, der mit Olivenbäumen bestanden war, und wenn er auf die Wohnungen der Menschen niedersah, überwältigte ihn sein Gram über ihre Armut, und er weinte. Er ahnte, daß nur wenige im Lauf aller Zeiten ihn verstehen und daß sie ihn töten würden. Und er wußte, daß er sterben mußte, um den Menschen zu zeigen, daß er selbst sein Leben geringachtete gegenüber der unverbrüchlichen Beständigkeit des Reichs.

Als er einmal seine Zweifel, die Angst seiner Seele und das Übermaß seines Liebesverlangens nicht mehr ertragen konnte, trat er vor einen seiner Freunde hin, und mit einem tiefen Seufzer entrang sich seiner Brust die Frage: ›Hast du mich lieb?‹

Sein Freund sagte zu ihm: ›Du weißt so viele Dinge; du weißt auch, daß ich dich liebhabe.‹

Aber er fragte noch einmal und ein drittes Mal. Es kamen ihm in heißer Sorge die Menschen in den Sinn, die wie er um ihrer Liebe willen auf der Erde Schande, Erniedrigung und Not erleiden mußten, und die Angst zerdrückte sein Herz. Er bat seinen Freund, er möge ihn nicht vergessen und nicht die Hoffnung, nicht das Licht, die sein Herz bewegt hatten. Es war, als ahnte er, wie arg die Menschen einst seine Worte entstellten, und daß sie aufs neue die Freiheit zum Gesetz erniedrigen würden.

Ein anderer seiner Freunde hat nie aufgehört, seinen Herrn zu lieben; er ist an seiner Liebe gestorben wie eine Blume im Glanz der strahlenden Sonne an ihrer Seligkeit. Sein Geist sank in Nacht, weil seine Seele sich so schrankenlos dem Licht zukehrte, daß ihr das Irdische fremd wurde wie eine Dunkelheit. Aber bis in seinen letzten, glühenden Traum sah er die Schönheit seines Herrn.

Wie sollte ein irdischer Mund diese Schönheit schildern? Um das Licht seiner Worte sind seither auf der Erde mehr Kämpfe gefochten worden als um jeden anderen Namen. Kriege sind um ihn geführt worden wie niemals vorher. Die Schar der Märtyrer ist ohne Zahl, ja es ist, als habe seit jenen Tagen die Welt ihr Angesicht verändert und sich der Hoffnung auf ein neues Ziel zugekehrt, denn glaubt mir, dem Reich, das dieser Mensch im Geist sah und im großen Herzen trug, dem Reich der Liebe, ist jede Lauheit und jede Halbheit fremd, seine Welten glühen wie von heiligen Feuern, und sein Friede ist Kraft. In ihm ist der Schrecken der Welt, das Böse, überwunden und mit ihm der Tod, den der große Prophet dieses Reiches geringachtete wie ein Kind die Nacht, der der Morgen folgt. Und da sollte der Tod nicht furchtbarer als je sein vergängliches irdisches Recht geübt haben?

Der Verkünder des Lebens aber ging in seiner Zeit einher wie ein Kind im Gemüt, wenn auch an Geist ein Mann und von mächtigem Willen. Immer ist mir zumute, als sähe ich ein einziges Glühen von Freude und Trauer und unaussprechlicher Hoheit eines edlen Menschentums, wenn ich seiner gedenke. Nie werde ich vergessen, was eines Tages geschah, als ihm der Tod begegnete. Einer seiner Freunde, den er geliebt und in dessen Haus er oft geweilt hatte, war gestorben, und als er kam, um ihn zu sehen, ruhte der Tote schon seit einigen Tagen in seinem Grabe.

Seine Freunde sahen, wie er sein Gesicht vor Schmerz verbarg, aber wie erschraken sie, als er plötzlich sein Haupt erhob und sie einen so gewaltigen Zorn in seinen Zügen erblickten, daß sie entsetzt vor ihm zurückwichen. Er stand totenbleich vor dem Grabe seines Freundes, seine Fäuste waren geballt, und unter seiner bleichen Stirn brannten seine Augen, zum Himmel emporgerichtet, als sähe er Gott von Angesicht. Es brach eine furchtbare Drohung aus seinem Mund, er schüttelte die Fäuste gegen die finstere Erde, die, der Gewalt des Todes gehorchend, seinen Freund verschlungen hatte. Es war, als beschwöre er die Allmacht der Liebe, und sein Liebeswille wuchs in ihm an wie ein strahlendes Ungewitter.

Es herrschte Totenstille um ihn her; nie hat der Glaube an die Ewigkeit des Lebens irdisch ein gewaltigeres Feuer in der Seele eines Menschen entfacht. Mit zitternden Händen und von Furcht wie geblendet, gehorchten seine Freunde, als er ihnen befahl, die Steinplatte zu heben, unter der der Tote lag, und das Grab zu öffnen.

Da trat er dicht vor die Gruft, erhob seine Stimme und rief laut den Namen des Toten.

Die Menschen schrien auf vor Entsetzen und warfen sich zur Erde; unten aber, im Schattengrund der Gruft, begannen die weißen Tücher sich zu regen, in die der Verstorbene eingehüllt war. Er befreite sich langsam, der Stimme gehorchend, die ihn rief, und stieg aus seinem Grabe hervor, die geblendeten Augen, die das irdische Licht wiedersahen, mit der bleichen Hand schützend und mit einem stillen erstaunten Lächeln in seinen elenden Zügen, von denen die Schatten des Todes langsam wichen, als er die Augen seines Befreiers sah und ihn erkannte.

Dies wird das größte Wunder genannt, das die Erde gesehen hat, und wenn der Mann, der es vollbrachte, es vor den Menschen tat, so geschah es aus Zorn gegen den Tod, den sie fürchteten, und in der glühenden Allmacht seiner Gewißheit, daß die Liebe mächtiger als er ist. In ihrem Reich ist diese Tat kein Wunder; unsere Augen sehen es täglich, und glaubt mir, ihr Lieben, meine Blumen, die Stunde, in der eure Kelche sich der Sonne geöffnet haben, ist an wunderbarem Reichtum nicht geringer als die, in welcher einst jener Tote aus seinem Grab stieg. Noch heute erweckt die Kraft des Reichs Tote auf, und sie wird es immer tun.

Niemals hat ein Mensch in heißerer Zuversicht an die Kraft des Reiches geglaubt. Es ist dasselbe Reich, in dessen Abglanz wir Bäume unsere Blätterkronen entfalten, ein Tier die Luft zu seinem Leben einatmet, die Sternbilder im All erstrahlen und in dem ein Jüngling das Mädchen in seine Arme schließt, das er liebgewonnen hat. Das Reich ist nicht fern in fremden Himmeln, sondern mitten unter uns; daß es zu uns kommen möchte, ist nun unser aller Gebet geworden, und mit dieser Bitte erflehen wir den warmen, blühenden Frühling herbei, den Frieden unserer Stätte, den Weg unserer Seele zum Licht und die stete Wiederkehr der Freude. Wir sind alle auf dem gleichen Weg. Immer ist es reine Freude, in welcher das Reich zu uns kommt.

Einst fand ein Kind in meinem Schatten am Ufer des Bachs einen bunten Stein; es hob ihn auf und lachte; es fing einen Schein aus seinen Augen auf – da verstand ich das Reich. Da verstand ich, daß jener Mann, von dem ich euch erzähle, einst gesagt hat: ›Ihr könnt das Reich nicht finden, wenn ihr nicht wie Kinder werdet.‹

Mir ist, als habe für die Menschen nichts anderes Wert auf der Erde, als daß sie das Reich in ihrem Herzen finden. Ihr Leib wird älter, aber ihre Seele jünger, wenn sie den Weg der Liebe gefunden hat. Für den Körper naht langsam der unvermeidliche Tod, aber für die Seele der Frühling. Für den Leib wird einst das Leben, aber für die Seele der Tod aufhören – es ist ein seltsames Wunder um das Geschick und die Bestimmung der Menschen auf unserer Erde.

Aber den Freunden dieses großen und guten Menschen erschien es nun mehr und mehr, als habe er nicht getan und nicht erreicht, was er versprochen hatte und wozu er bestimmt war. Sie hofften, er würde nun endlich das Reich aufrichten, von welchem er so oft sprach, und bisweilen sahen sie ihn in ihrer Vorstellung als König über die Welt herrschen in nie gesehenem irdischem Glanz. Dann wieder wuchs ihre Furcht vor seiner Wirkung, und sie begriffen nicht, daß er keinen Nutzen aus ihr zog. Es befiel sie Angst um ihr Leben, als sie sahen, wie der Haß der Landespriester gegen ihn mehr und mehr anwuchs. Sie verstanden nicht, daß er keinen Wunsch hatte als den, daß die Menschen sich von den vergänglichen Gütern den unvergänglichen zuwenden möchten und daß es keinen anderen Weg dazu gibt als den der Liebe und daß allein der Wille zum Guten das Herz frei macht.

Er begriff traurigen Herzens ihre Hoffnungen und ihre Zweifel, und einmal sagte er zu ihnen, und seine Augen leuchteten vor Zorn: ›Das Reich ist in seiner Wirkung einem Stein vergleichbar, den die Bauleute fortgeworfen haben und der am Wege liegengeblieben ist. Hütet euch! Er wird alle zerschmettern, auf die er stürzt, und wer über ihn fällt, wird zerschellt werden!‹

Da nahm ihre Verwirrung überhand. Er aber, um dessentwillen sie sich sorgten, ging nun oft allein vor die Stadt in einen Garten, der an einem Bach lag. Er sah blaß und elend aus, und von seiner Stirn leuchtete der Abglanz einer Einsamkeit, wie sie noch keines Menschen Seele geschmeckt hat. Er sah kein Ende in dem Kleinmut und in der Torheit, die ihn umgaben, aber sein Herz drängte ihn unaufhörlich zu immer höheren Opfern und zur Vollendung seines zeitlichen Lebens, das er nicht liebte. Die Finsternis seiner Seele nahm überhand, ihn verlangte inbrünstig nach der Gemeinschaft derer, die ihn liebten, und so bat er seine Freunde einst, sie möchten ihn nicht allein lassen und ihn in den Garten begleiten. So gingen sie mit ihm, aber die himmlische Ungeduld seiner Seele nahm überhand; er fühlte, daß der Tod seines Leibes das letzte Pfand war, das er geben mußte, aber er fürchtete sich vor der Finsternis des Sterbens – wie alle Lebendigen. ›Ach, seid mir nicht gram‹, bat er seine Freunde, ›in dieser Nacht werde ich euch alle bitter enttäuschen. Bleibt hier, wacht; schlaft nun nicht ein.‹

Er ging ein paar Schritte fort von ihnen, in die Dunkelheit hinein; nur die Sterne sahen durch das Laub der Oliven, und der kühle Nachtwind flüsterte in den Zweigen; es war, als könnten sie nicht schlafen über seinem Leid. Kaum war er von den Freunden getrennt, da fiel er auf sein Angesicht nieder und flehte zu Gott empor, er möge ihm dies Letzte, Schwerste ersparen, den Tod in Verachtung und Schmach und unter dem Spott der Menschen. ›Muß es sein, mein Vater, daß ich sterbe, damit die Kraft des Reiches offenbar werde?‹ rief er laut zu Gott empor. Er rang seine Hände, und auf seine Stirn traten Blutstropfen.

O, es ist oft so, als wollte Gott wissen, wieweit ein Mensch ihm gleicht; er sendet den besten Menschen die schwersten Prüfungen. Glaubt mir, ihr Blumen, meine Lieben, Pflanzen und Tiere, daß niemals ein Wesen der Erde einen schwereren Kampf gekämpft hat. O bedenkt, welche Macht ihm gegeben war, und den Wert seines großen Herzens, das bis zuletzt verkannt sein mußte, um einst zu der Klarheit erhoben zu werden, in der wir es heute als unsere strahlende Gewißheit der Freude loben.

Er fand seine Freunde schlafend, als er seinen schwersten Kampf durchlitt; der Schmerz seiner Einsamkeit überwältigte ihn aufs neue, und er lag lange im Dunkeln, unter den Bäumen auf der Erde, allein.

Da wurde die irdische Finsternis plötzlich vom Himmel her erhellt. War es ein Sternbild, das langsam, funkelnd gegen ihn niederbrach? Der ganze Hain erstrahlte, ein Engel stieg aus der Höhe nieder. Der himmlische Gesandte hob das Haupt des verzweifelten Menschen barmherzig empor, strich die feuchten Haare aus der Stirn und setzte einen Kelch mit Wein an seine Lippen. Da lösten sich die Tränen in den Augen, die niemals ein böser Wille getrübt hatte, und eine jubelnde Gewißheit erhob seine Seele zu ihrem letzten, großen Entschluß. Dies ist die Stunde gewesen, in der das Reich in seiner freiesten Herrlichkeit in der Brust eines Menschen erstrahlte; es gibt nun kein Herz mehr, zu dem nicht auch heute ein Engel findet, wenn sein Ringen um Licht in Zweifeln überhandnimmt.

Kurze Zeit darauf kamen Krieger und Knechte durch die Nacht, die von den Landespriestern geschickt worden waren, um ihn zu ergreifen und in Gefangenschaft zu setzen.

Als seine Freunde sein Angesicht im Schein der Fackeln sahen, leuchtete ihnen ein unnennbarer Frieden entgegen, und sie erkannten, daß es sein Wille war, dies Schicksal zu erleiden. Sie flohen alle, und derjenige unter ihnen, der ihm noch in dieser Nacht versprochen hatte, ihn niemals zu verlassen, antwortete, als man ihn am Morgen fragte, ›Ich kenne diesen Menschen nicht.‹

Der Gefangene soll später seinen Richtern wenig geantwortet haben. Er wußte, daß sie ihn nicht verstehen würden, und er verteidigte sich nicht. Er gab zu, gesagt zu haben, was man ihm vorwarf, als aber seine Richter wollten, daß er ihnen seine Wahrheit erklären sollte, antwortete er ihnen, daß ihre Welt nichts mit seinem Reich zu schaffen habe und daß niemand die Wahrheit verstünde, der nicht aus ihr geboren sei. So verurteilten sie ihn zu einem qualvollen Tod, denn sie haßten ihn, weil seine Lehre das Licht der Liebe für das dunkle Wort und für den Zwang ihrer Kirche eingesetzt hatte. Sie sagten, er habe Gott gelästert, weil er Gott nicht in toten Gesetzen und Formeln suchte, sondern allein in der unvergänglichen Freiheit eines reichen Gemüts.

Man erzählt, daß er den Tod erlitten hat, wie alle Lebendigen ihn erleiden, mit Angst vor seiner Finsternis und mit Qualen seines Leibes. Er schrie laut zu Gott empor, er möge ihn nicht verlassen, und bat seine Peiniger um Wasser. So ist er allen Dahinsinkenden nah geblieben bis an ihre letzte Stunde.

Vor seinem Tod sah er einen anderen Menschen neben sich sterben, der auch gerichtet wurde, und in den verlöschenden Geist dieses Armen sank ein Lichtstrahl von der Stirn des Leidenden, den er auf dem Markt und vor dem Volke hatte sprechen hören und auf dessen Befehl Tote sich aus ihrem Grabe erhoben hatten und der nun unter den Augen seiner Feinde die Bitterkeit des Todes schmeckte. Da traf ein Schein der Wahrheit sein brechendes Herz, daß dieser Mann freiwillig litt und starb und nicht aus Schuld gegen die Menschen wie er selbst, und er bat ihn: ›Gedenke meiner in deinem Reich.‹

Der Angeredete wandte sich ihm zu, als sei diese Bitte des Verdammten Gottes Antwort auf die Qualen seines eigenen Leibes und seiner Seele, und er antwortete ihm: ›Du sollst noch heute mit mir die Herrlichkeit des Reiches sehen.‹ Und über dieser letzten Verheißung seiner Liebe wurde ihre Kraft aufs neue zu einer lichten Gewißheit seiner Brust, und sein Herz, das unendliche, weite, klare, brach mit dem Seufzer: ›Es ist vollbracht.‹«

Als die Linde ihre Geschichte beendet hatte, dämmerte schon in der Himmelsweite des Ostens der Morgen herauf. Es war still auf der Waldwiese, man glaubte die Atemzüge der Lauschenden zu vernehmen; viele von ihnen waren in der kühlen Mondnacht eingeschlafen, aber es war, als wachten alle Herzen. Der Inhalt der Geschichte breitete sich über den Lebendigen wie eine schimmernde Segnung aus, die der vollen Erkenntnis nicht zu bedürfen schien, sondern die wie das Bewußtsein einer geschehenen Wohltat ein Gefühl des Glücks zurückließ.

Die Stille machte alle Dinge merkwürdiger. Der grauen Uku am Stamm in ihrer Höhlung war zumute, als müßte ein Wunder geschehen; sie dachte an ihr Alter, und das Baumrauschen war ihr nie so heimatlich zu Herzen gedrungen, nie so beständig in seinem milden Wohllaut, und das Leben erschien ihr gut und freundlich. Welch ein Wunder ist es um die Menschen, dachte sie. Sie sah hinab auf den Pflanzenteppich am Boden, auf die reglosen Formen der Zweige in der Dämmerung. »Ich lebe nun wohl nicht mehr lange«, sagte sie, »aber wie schön und groß ist es mir im irdischen Licht erschienen; die Zeit wird weitergehen, auch ohne mich, das Reich wird kommen, und sein Ende wird unvergängliche Freude sein.«

Da klang es jählings jubelnd draußen über den Feldern auf, ein silbernes Läuten und zugleich ein jauchzendes Schlagen, lieblich trillernd und so zart und voll klaren Wohllauts, daß man seine Augen schließen mußte, um die Seligkeit an diesem Lied im Herzen zu bewältigen.

Unten rief eine Stimme in höchstem Erstaunen: »Die Lerche singt!«

Wie? dachte Uku. Es ist spät im Sommer, und die Lerche singt? Betört von der Freude an dem hellen Gesang in der Morgendämmerung, aber tief erstaunt, sah sie sich um. Es begann sich rings zu regen, die Bewegung war groß umher, und in ratlosem Glück sahen die Geschöpfe einander an.

Aber da plötzlich überwältigte die alte Uku eine Erinnerung; sie wollte etwas sagen, brachte aber kein Wort hervor, sondern lehnte sich wie in einem Taumel von Liebesangst und Freude an den Stamm, und aus ihren Augen brachen Tränen, eine nach der anderen, und tropften nieder. Endlich rief sie mit einem Schluchzen in der Stimme: »Elf! Elfenkind!«

Keine Antwort erscholl; es war nach dem Ruf so still, daß das Lerchenlied die Welt klar und einsam füllte wie über ihm der Morgenstern am Firmament, der in verklärtem Blau schwebte. Da stieg in alle Herzen eine holde, erschrockene Ahnung; kaum sah sich einer von allen nach dem Platz des Elfen um; sie wußten, er war fort und frei, und sie lauschten mit zitterndem Gemüt dem lichten Wunder des späten Liedes, in dem die Lerche dem Elfen das Versprechen ihres Danks und ihrer Liebe hielt: »Wenn du einst heimfliegst, will ich singen.«

Achtzehntes Kapitel

Der Abschied

ine Schwalbe hielt auf ihrer Reise zum Süden noch einmal kurze Rast auf der Linde, und ihre helle Stimme voll Wanderlust erweckte in den Herzen der Waldwiesenleute zitternde Ahnungen von fernem Glück und nahem Abschied.

»Viele von euch Vögeln bleiben zurück, und ihr übrigen Geschöpfe alle, lebt wohl!« rief die Schwalbe.»Ich eile nun mit dem unsichtbaren Wind zugleich über tiefe Abgründe dahin, über glühende Berge und über das schimmernde Meer. Ich liebe den Wind, der mich trägt; von ihm weiß ich, daß die Freiheit die höchsten Wipfel der Erde zuerst berührt, wie er. Komme mit, wer kann und will! Wer bleiben muß, leide nicht oder schlafe wohl in der kühlen Ruhe; ich will euch mein Heimweh nach der Ferne in euren Träumen zurücklassen.

Ich komme auf meiner Reise zu einer Insel im Süden, im Meer, wo wilde Blumen auf den Felshöhen im Wind miteinander spielen. Der Harzgeruch der alten Bäume in den Meertälern füllt die Landschaft wie mit der Mahnung der Unsterblichkeit, und in der Einsamkeit mildert die Weite alles Nahe.

Die Sternbilder leuchten in den südlichen Nächten, rufend, glänzend. An den standhaften Felsen braust das Meer Tag und Nacht; oft erscheint mir die Erde dort, als sei sie der Menschen müde, ihr Angesicht ist abgehärmt, ihr Kleid karg. Aber unter der Sonne erheitern sich die Lebensfalten der alten Berge zu einem klugen Lachen.

Sie halten goldene Trauben gegen das blaue Meer, das Baumlaub vergeht zu keiner Jahreszeit, die Bäume grünen, bis sie sterben. Die Fröhlichkeit der Menschen in diesen Ländern ist unbedacht, die Sonne verwandelt ihren Ernst in den Schlaf, ihre Trauer in Wehmut, und der unvermerkt herannahende Tod scheint allen ohne Bitterkeit. Ja, das Sterben ist leichter dort, denn die kleinen Gedanken und unnützen Hoffnungen halten der Sonne, dem Meer nicht stand. Es zieht mich mit tausend Mächten in die milde, blaue Ruhe des Südens; lebt wohl, ich komme wieder.«

Die Schwalbe flog mit einem hellen Triller auf, warf sich in den Wind, den sie zu umfangen schien und der sie trug, zugleich hingegeben und kraftvoll, seinem Wesen verwandt, geborgen und hoch.

»Ach, wer so fliegen könnte«, meinte ein Rotschwänzchen, und es war sicher nicht der einzige Vogel der Wiese, der das gleiche Verlangen im Sinn trug wie die Schwalbe.

Ihre Worte ließen eine erwartungsvolle Unruhe in den Sinnen der Waldvögel zurück. Lichteten denn die Bäume sich schon?

»Wir werden auf den Storch warten, meine Liebe, er wird uns tragen und mitnehmen«, sagte die Grasmücke und schüttelte ihre Federn ein wenig auf, so daß sie viel dicker und ganz zerzaust aussah.

Es wurde auch wirklich schon recht kühl, besonders an diesen sonnenlosen Tagen, wie sie nun oft in unfaßbarer Stille, mit einem leichten Nebelkleid in der Frühe, dahinzogen. Dann wieder wurde in der Sonne die Luft so klar, daß man die Stimmen der Landleute auf den Feldern weithin vernahm, als höbe die Reinheit die Entfernung auf, und nachts kamen die Sterne der Erde näher.

Die zarten Kelche der Herbstzeitlosen erschienen im Gras und am Buschrain, als habe ein verspäteter Frühlingsengel sie über Nacht verstreut, ihre blassen Farben waren voller Wehmut, und sie blühten nicht lange. Um die wärmeren Mittagsstunden kamen wohl zuweilen noch Käfer und Bienen geflogen; ihr vereinzeltes Summen klang deutlich und sorgenvoll, aber es rief sie niemand mehr.

Von Tag zu Tag wurde es stiller; die Mäuse schlossen ihre Wohnungen bereits, Uku hatte alles für ihren Winterschlaf vorbereitet, und auch Li, das Eichhorn, sammelte eifrig für den Winter, denn wenn spät noch ein schöner Sonnentag kam, so konnte es auch in der kalten Zeit einen Spaziergang durch die Föhrenkronen nicht entbehren, und es wußte, daß solch eine Ausfahrt in die Frische ganz ungewöhnlichen Appetit mit sich brachte. Alle kleineren Tiere suchten, eines nach dem anderen, die warme Erde in Schlupfwinkeln und Höhlen auf, Verstecke in Baumlöchern oder tief unter welkem Laub, und es wurde langsam leer und immer stiller.

Die Sträucher empfingen am Waldrand den Wind am Abend, und sie begrüßten ihn mit ihrem Lied:

> Du gehst wie das Licht, wie der Blick
> über schwindelnde Abgründe hin,
> du, unser lebendiges Glück,
> unserer Stimmen seliger Sinn.

> Unsere Tränen sind unsere Speise,
> wenn du, auf den Schwingen die Nacht,
> unsichtbar, himmlisch, leise
> die Dunkelheit zu uns gebracht.

Aus der klaren Freiheit des Herbstes tauchte farbig umkränzt die Wirklichkeit des Sterbens auf, und den Sinnen der Scheidenden wurde weh und wohl. Mit ihrem Lebensschmuck sank ihre Erinnerung an das Kleine, Vergängliche ihres Daseins an ihnen nieder; sie gaben der Erde zurück, was sie von ihr empfangen hatten, und der himmlische Wind drang ungehindert in ihre Seelen.

Als die Vögel fort und die letzten Blumen welk waren, kamen die Nebel. Die gelben Blätter der Linde lösten sich und sanken mit den Tropfen durch die kühle, graue Luft nieder auf die Ruhestätten der Pflanzen, Beeren und Gräser. Nach Tagen sahen Sonne und Wind ein buntes, freies Bild.

»War es einst anders?« fragten sich mit unbeschreiblichem Lächeln die Pflanzen. »Ist nun nicht alles gut? Wir blühten und trugen Frucht, so sind unsere Tage vergangen.« Es klang wie Wahrsagungen durch den Sinn ihrer letzten Worte: »Wir taten, was die Natur wollte, nun nimmt sie sich unser an; in ihr kehren wir heim und wieder zugleich.«

Und eine nach der anderen sank zur Erde nieder, der Mutter. Sie spürten unter dem feuchten Teppich des Lindenlaubs den kalten Nebel nicht mehr. Die Geschöpfe dienten einander im Sterben mit ihrem Vergänglichen, wie sie zu Lebzeiten einander dienstbar und hilfreich gewesen waren. Sie ahnten noch die kalte, weiße Decke, die der Himmel eines Nachts über ihnen ausbreitete; es war wie ein schlummernder Glaube, daß eine reine Einfalt der beste Teil aller Wesen sein sollte und ihre Einigung.

Und nun lebt wohl von Herzen, ihr, die ihr mir gelauscht habt, und gedenkt meiner. Habe ich euch kleine Dinge groß gezeigt und große einfach, so glaubt mir, daß alles, was wir erleben, uns nicht größer erscheinen kann, als unser Herz groß ist, und alle Dinge, die uns begegnen, sind soviel wert, als unsere Liebe zu ihnen uns Glück bedeutet. Glaubt mir, denn ich weiß es zuversichtlich!

Wir müssen alle das Lächeln wieder lernen, das unseren kurzen Lebenstagen und ihrem vergänglichen Werk und Schmerz gilt, denn wir erfahren in unserer Lebenszeit von der Erde und ihrem und unserem Wesen so wenig, daß wir nicht glauben dürfen, unser irdischer Aufenthalt sei der Sinn unseres Daseins. Wir sind alle aus der Freude geboren und kehren zu ihr zurück.

Nachwort

Waldemar Bonsels wurde am 21. Februar 1880 in Ahrensburg/ Holstein geboren. Seine Knabenjahre verbrachte er in Kiel und Bielefeld. Mit 17 Jahren verließ er das protestantische Elternhaus und begann seine Wanderjahre, die ihn durch Deutschland und Europa führten. Aus dieser Zeit berichtet die 1917 bis 1923 entstandene Trilogie »Notizen eines Vagabunden«, in der er ein vorbehaltloses Bekenntnis zur inneren Freiheit ablegt.

1903 nahm Bonsels eine Stelle als Buchhandelskaufmann bei der Basler Mission an, die ihn noch im gleichen Jahr nach Südindien führte. Seine Begegnungen und Erlebnisse auf dem Subkontinent veröffentlichte er 1916 in dem Roman »Indienfahrt« – in Europa und in den USA gleichermaßen ein Bestseller.

Nach seiner Rückkehr nach Deutschland ließ sich Bonsels in München nieder, wo er 1904 zusammen mit Freunden den Buch- und Kunstverlag E. W. Bonsels & Co. gründete. Neben kleineren Arbeiten bereits arrivierter Schriftsteller erschienen hier auch eigene Novellen und Gedichte, in denen er das Thema der Befreiung aus der Enge der bürgerlich-pietistischen Welt aufgreift, in die er geboren wurde.

1912 gab Bonsels die Verlagsarbeit auf, um sich ganz der schriftstellerischen Arbeit zu widmen. Im selben Jahr erschien »Die Biene Maja und ihre Abenteuer«, die allein im deutschen Sprachraum bis heute eine Auflage von 2,5 Millionen Exemplaren erreichte. Die sentimentale, der Neoromantik nahestehende Grundstimmung des Werks bedeutete eine klare Absage an die Unerbittlichkeit naturalistischer Wirklichkeitsdurchdringung. Dem »Verlegenheitsidealismus« (M. G. Conrad) wilhelminischen Philistertums hielt Bonsels ein belebtes und beseeltes »Ganzes« entgegen. Erst dem »Schauenden« offenbare sich in der Natur gleichnishaft eine andere, höhere Warte menschlichen Daseins. Allein die Ahnung von Höherem – Bonsels läßt die Bestimmung dieser Qualität aus der Erzählpersektive vielfach offen, um sie im »Himmelsvolk« (1915) um so expliziter zu entwickeln – verlange unbedingte Hingabe.

1919 ließ sich Bonsels in Ambach am Starnberger See nieder, ohne jedoch seine »Wanderschaft zwischen Staub und Sternen« – so die zeitgenössische Kritik – ganz aufzugeben. Weitere Reisen führten ihn nach Brasilien, nach Ägypten und in den Sudan, in die USA, nach Griechenland und in die Türkei.

Die Machtergreifung der Nationalsozialisten bedeutete auch für Bonsels' schriftstellerische Arbeit einen tiefen Einschnitt. Der Bücherverbrennung im Mai 1933 fielen seine sämtlichen Jugendschriften zum Opfer und wurden als »entartet« verboten – nur »Die Biene Maja«, »Himmelsvolk« und »Indienfahrt« entgingen der nationalsozialistischen Säuberung. Die politische Entwicklung trieb Bonsels in die »innere Emigration«, was ihm später den Vorwurf einbrachte, er habe sich mit dem Regime arrangiert. Er selbst hat seine Haltung in einer Reihe von Aufsätzen und Artikeln klargelegt.

Die Arbeit der Spätzeit konzentrierte sich ganz auf den Roman des Griechen Dositos, der als Zeitgenosse die Christus-Tragödie in Jerusalem miterlebt. Jedoch erst 1949 konnte »Dositos« erscheinen und wurde 1951 in einer Neuauflage unter dem Titel »Das vergessene Licht« erneut veröffentlicht.

In seinen letzten Lebensjahren litt Waldemar Bonsels an einer schweren Lungenkrankheit, die ihn an der Fertigstellung seiner Autobiographie »Die sieben Sachen« hinderte. Er starb am 31. Juli 1952 in Ambach am Starnberger See.

»Himmelsvolk. Ein Märchen von Blumen, Tieren und Gott« erschien 1915 und schließt sich inhaltlich und formal an die »Biene Maja« an. Der Blumenelf, der über die Beobachtung der Menschen versäumt hat, rechtzeitig vor Sonnenaufgang in sein Reich zurückzukehren, erwacht auf der Waldwiese und nimmt nun am Leben der Blumen und Tiere teil.

Einmal mehr erweist sich Bonsels als Meister der Naturdarstellung, wenn er etwa den Kampf des Igels mit der Schlange oder des Marders mit dem Fuchs schildert. Pointierter jedoch als in der »Maja« sind hier die Eigenschaften der Charaktere Ausdruck des Wechselspiels menschlicher Grunderfahrungen zwischen Freude und Leid, Macht und Ohnmacht usw. Die Geschehnisse werden in den ewigen Zyklus von Werden und Vergehen eingebettet. Durch die Erzählung der Linde von der erlösenden Liebe Jesu Christi als Bild des »neuen Menschen« erfährt der als Zeuge des Geschehens berufene Blumenelf die Erkenntnis der vollkommenen Harmonie alles Seins und Vergehens.

Wenn uns Bonsels' »Evangelium der Liebe« heute fremd erscheint, so sei darauf hingewiesen, daß in Buddhismus und Hinduismus seit annähernd 2000 Jahren ununterbrochen die »liebende Hingabe« (*bhakti*) an ein persönliches, auf die Welt einwirkendes Heilswesen dem Gläubigen ein Ausbrechen aus dem unendlichen Kreislauf der Wiedergeburten ermöglicht, um so zur Erlösung zu gelangen – eine Vorstellung, die dem westlichen Konzept der *anima naturaliter christiana* nicht notwendig widerspricht.

Peter Mesenhöller